Bleiben Sie mobile, Madame!
und Geschichten aus dem Alltag!

von Peter Maibach

Geschichtensammlung 1996 - 2003

*erschienen in der unkonventionellen Zeitschrift
«die Sterngucker» und im Internet
aus dem Verlag Einfach Lesen*

www.einfachlesen.ch

Dieses Buch ist allen gewidmet, die Freude
an Geschichten und am Lesen haben!

Einfach Lesen!

Mit herzlichem Dank an alle, die uns in
unserem Schaffen unterstützen!

Herausgeberin: Verlag Einfach Lesen, Bern
Gestaltung und Layout: Rosmarie Bernasconi
Druck: Books on Demand (Schweiz) GmbH
Alle Rechte beim Verlag
ISBN 3-9521399-5-5
erweiterte Zweitauflage April 2003

Inhaltsverzeichnis

Wie ich ein berühmter Astrologinnen-Mann wurde

An einem grauen Sonntagnachmittag beschloss meine Frau, das Kaffeerahmdeckeli-Sammeln aufzugeben und ihrem Leben einen neuen Sinn zu geben. Zuerst befürchtete ich, jetzt werde wieder die Wohnung umgeräumt, stellte aber bald und erleichtert fest, dass es bei einem oder zwei neuen T-Shirts aus dem Versandkatalog bleiben würde.

«Ich werde», so sprach die Frau meines Alltages, «ich werde eine berühmte Astrologin!» Da das Wort zum Sport in wenigen Minuten beginnen würde, erwiderte ich wie so oft: «Ja ja, Schatz.» So legte ich den ersten und wichtigsten Stein zu einer Karriere.

In den folgenden Jahren ist sogar mir aufgefallen, dass ich sehr wenig von meiner Frau sah. Einmal habe ich im Familienbüchlein nachgesehen, ob ich wirklich noch verheiratet bin und mit wem. Eigentlich hatte ich aber eine gute und ungestörte Zeit.

Doch nach der Aussaat kommt das Wachstum und danach die Zeit der Reife. So fand ich mich von Zeit zu Zeit im Kreis von mehreren reifen Frauen. Auch sie waren auf dem Wege, berühmte Astrologinnen zu werden. Deshalb trainierten sie Astrologie. Das ging etwa so: Alle wussten bereits alles von allen. Danach lernten sie noch alle alles über die jeweiligen Lebenspartner – wie man in diesen Kreisen sagt. Wenn ich an solchen Abenden müde und zerzaust vom täglichen Brot meinen Arbeitsplatz in der Familie einnahm, wurde ich von den zufällig auch an den Fleischtöpfen anwesenden Astrologinnen liebevoll empfangen.

Danach wurde ich mit zarten Banden am Stuhl angebunden, seziert und genüsslich zum Nachtisch verspeist. Habe ich mich gewehrt, hiess es: Schaut, der Mars drückt reziprok karitativ auf das Plenum, er wird richtig aggressiv. Schwieg ich im eigenen Haus, so war ich trotzig und verschlossen – typisch männliches

Niveau, astrologisch absolut erklärbar. Seit dieser Zeit ziehe ich die Polstergruppe der Selbsterfahrungsgruppe vor.

Gott sei Dank ist aber aus mir doch noch etwas Rechtes geworden, denn meine Frau wurde eine berühmte Astrologin ganz von sich aus. Manchmal winkt sie mir aus der Zeitung entgegen oder sagt am Radio ein paar freundliche Worte. Will ich sie persönlich hören, so spiele ich mir den Telefonbeantworter ab. Ich tröste mich damit, dass hinter jeder guten Frau eine gute Männin steht.

Letzthin aber hat mir jemand, der sonst kaum grüsst, auf der Strasse gesagt: «Sind nicht Sie der Mann der berühmten Astrologin?» Und ich war stolz und bin ein bisschen rot geworden.

Wie ich ein guter Astrologinnen-Hausmann wurde

«Liebe Astrologin meiner Milchstrasse», sprach ich eines Tages zu der einzigen Frau, die meine Zahnbürste benutzen darf, «liebe Astrologin, ich weiss nicht, ob es am Neumond liegt, aber wir sehen uns kaum noch und wenn, dann nur per Zufall oder beim Zähneputzen.»

Nachdem die Frau meiner Tag- und Nachtträume sich von diesen unerhörten Anschuldigungen erholt hatte, nachdem sie also meine Katze getreten, ein paar längst fällige Teller und die Blumenvase ihrer Schwiegermutter zum geschlossenen Fenster hinausgeworfen hatte, nachdem die Bilder und der Haussegen wieder einigermassen gerade hingen und so etwas wie Ruhe eingekehrt war, antwortete mein Engel:

«Siehst du, Mann, wir brauchen dringend einen neuen Computer – ich werde ihn auslesen – Du wirst ihn bezahlen, ich werde ihn brauchen – Du darfst ihn aber einrichten.» Ein faires Angebot – wer könnte das ausschlagen. Zudem habe ich genug Kilometer auf dem Tachometer, um zu wissen, dass jeder Widerstand zwecklos wäre und dass alles, was man sagt, prinzipiell immer gegen einen verwendet wird.

Frau sagt, Mann wirkt. Der PC-Verkäufer wurde immer freundlicher, als er den wachsenden Berg von Kisten und Schachteln sah, die meine Lieblingsastrologin vor der Kasse aufzustapeln nicht mehr aufhören konnte. Ein Betrag, der sogar das Steueramt vor Neid erblassen lassen würde, wechselte den Besitzer. Wann wir uns je wieder eine warme Mahlzeit leisten können ist bis heute noch nicht absehbar.

Kurze Zeit später in unserem Heim: Inmitten von halb ausgepackten Schachteln sitzt der Göttergatte. Schwitzend und mit hochrotem Kopf hält der zukünftig glückliche Anwender in der einen Hand ein unverständliches Handbuch, das andauernd zum gelungenen Kauf gratuliert und versichert, die Installation sei so kinderleicht, dass auch technisch leicht Zurückgebliebene innert wenigen Minuten Erfolge feiern könnten. In der anderen Hand ein wirres Bündel farbiger Kabel. Im Nacken der kühle Blick Evas, die ungeduldig auf einen Rundgang durch das versprochene Paradies wartet. «Schatz, hast du noch lange? Wir können gleich essen!» Essen! Wer kann denn jetzt an Essen denken!

Aber auch die beste Krise geht einmal vorbei. Nach zahlreichem Ein-, Aus- und Umstecken, zweimal die Wohnung umräumen, weil die Farbe der Maus nicht zur Tapete passen will, nach stundenlangem Programmeinrichten und Nochmaleinrichten naht der elektronische Höhepunkt. Noch tritt die ungeduldigste Frau meines Lebens hinter mir von einem Fuss auf den anderen, noch unterstützt sie ihren liebenden, aber zur Zeit leicht unansprechbaren Bordmechaniker mit: «Im Prospekt steht aber drin, dass alles ganz einfach ist; hat auch der nette Verkäufer gesagt.» Aber jetzt kommt endlich der Moment, da ich weltmännisch sagen kann: «Voilà, Madame!»

Die Königin nimmt den elektronischen Sklaven in Besitz. Hier ein Klick und dort ein Klick und da hinein und dort wieder heraus, es ist eine Freude zuzusehen, wie Mensch und Maschine eins werden. «Schatz», wage ich einzuwerfen, «wollen wir jetzt etwas essen, ich habe Hunger!» Das abweisende Knurren war kaum hörbar, jedoch klar als gefährlich auszumachen. Wer will schon essen, wenn via Telefonleitung die ganze Welt auf dem Menü steht!

Hungrig ging ich allein zu Bett, allein erwachte ich wieder, das Bett neben mir unbenutzt. Aus dem Zimmer nebenan hörte ich das gequälte Klappern der geschlagenen Tastatur.

So geht das jetzt schon seit Wochen. Zwischendurch, in den wenigen Pausen, die es braucht, um die Telefonleitungen auskühlen zu lassen, flösse ich meinem Abendstern Aufbaupräparate ein. In diesen seltenen Momenten darf ich auch an den PC, hauptsächlich um ihn zu trösten oder um ein neues Zubehör einzurichten. Immer unter den kritischen Blicken der Beherrscherin von Keys und Boards. Dann geht der wilde Ritt wieder los, klick klack klick klick.

Derweil sortiere ich die Rechnungen und Dankesschreiben der Telekom; den Früchtekorb – unserem besten Kunden zum Dank – habe ich handschriftlich verdankt. Von Freunden und Feinden hören wir wenig – einerseits ist die Telefonleitung ständig besetzt, anderseits haben wir die Türklingel abmontieren lassen.

Aber eines muss ich hier ausdrücklich festhalten: Sehen tu ich die Hausastrologin immer. Während ich die Kaffeerahmdeckeli-Sammlung meiner Frau ordne, schaue ich hinüber zum PC – dort sitzt sie, friedlich und unnahbar wie die Nomadin am Lagerfeuer in der Sternennacht, die Astrologin meines Computers.

Parfüm, Zimt und Schokolade

Es roch nach Zimt, als ich die Türe zu unserer Wohnung öffnete, und nach Schokolade. Darüber lag ein teurer Hauch von einem Frauenparfüm, ich erriet nicht welches. Ich zog den Geruch ein, die Plagen des Alltages schienen abzufallen wie ein schwerer Mantel, der zu Boden gleitet. Meine Brille beschlug, als ich aus der Kälte in die einladend warme Stube trat. Der Duft wurde stärker, er begann mich zu erobern, füllte mich aus.

Ich putzte die Brille, was für ein seltsames Licht, weniger grell wie sonst, viel wärmer als die gewohnte Beleuchtung. Kerzen, dachte ich sofort, viele Kerzen wie in einer Kirche, vor einem Seitenaltar.

Auf dem Sofa sass eine Frau, ganz in Rot gekleidet, rote Stiefel, rote Hosen, eine schicke rote Lederjacke. Sie war dezent geschminkt, fast nicht wahrnehmbar. Ihr Gesicht war alterlos, nicht eigentlich schön, aber voller Geschichten, die nach aussen wirken. Die Haare schienen lang, waren aber straff nach hinten gekämmt und zu einem Knoten gebunden, kupferblond? Der Zimtgeruch ging von ihr aus – ich spürte, wie sie mich gewann, wie ich mich verlor.

Ich räusperte mich, sie lächelte: «Guten Abend, Peter.» Eine ruhige, volle Stimme, tragend, um sich greifend, sehr sinnlich.

«Guten Abend», war alles, was mir einfiel, «kenne ich Sie, sind Sie von der Feuerwehr?» Witzig, witzig, wie immer. Es ist eigentlich nichts Ungewöhnliches, dass sich Kursteilnehmerinnen von Rosmarie in unsere Wohnung verirrten. Doch seltsam, heute war doch gar nicht Kurs und Rosmarie wollte erst spät nach Hause kommen.

«Ich bin Nicole und ich kenne Dich schon sehr lange, wahrscheinlich hast Du mich schon längst vergessen.»

«Nicole, Nicole, ich kann mich nicht erinnern – kann ich Dir etwas anbieten?» - «Nein, ich muss schon bald weiter, setz Dich bitte hin, hier zu mir.» Das ist der Moment, dachte ich, in dem die Kinohelden die Krawatte lockern, am Kragen zerren und leer schlucken.

Nicole schien meine Verlegenheit zu bemerken, sie lachte hell auf. Dann klopfte sie mit der flachen Hand auf das Polster neben sich. «Komm schon, ich werde Dich nicht ganz fressen!» Ich setzte mich endlich neben sie. Es war, als sässe ich neben einem Kaminfeuer – prickelnd, aber doch beruhigend. Der Duft nach Zimt, Schokolade und Parfüm umarmte mich.

«Verwirre ich Dich?», lächelte sie. «Du bist nur durcheinander, weil Du mich kennst, aber Dich nicht mehr erinnern kannst woher.» Musste ich etwas sagen? Ich schaute sie fragend an.

«Ich bin Nicole Santa», antwortete Sie. «Ich habe das Geschäft von meinem Vater übernommen. Als ich klein war, hat er mich oft auf seine Touren mitgenommen, wir sind von Kind zu Kind gegangen, haben belehrt und belohnt. An einigen Orten wurden wir ängstlich erwartet, an anderen Orten traten wir in feierliche Zimmer, ich habe viel gelernt. Vater wurde alt und zog sich zurück. Er hat noch ein paar Werbeverträge laufen, mit Coca Cola und mit Warenhäusern. Die Kinder habe ich übernommen.»

«Aha», meinte ich, um auch wieder einmal etwas zu sagen. Etwas Besseres fiel mir nicht ein. Plemplem dachte ich bei mir, wie ist die nur hier reingekommen? Ich sah mich verstohlen nach dem Telefon um. Ich räusperte mich nochmals. «Hast Du einen Ausweis?»

Sie schien wahrscheinlich so etwas Ähnliches erwartet zu haben. Sie lachte schallend: «Ihr seid alle gleich geworden, warum vertraust Du Dir nicht? Hier, schau!» Sie zog ein Kinderbuch aus ihrer roten Ledertasche und drückte es mir in die Hand, ich blätterte. Das war mein Lieblingsbuch gewesen, «Ferdinand, der Stier.» Das musste meines gewesen sein, in ungelenker Kinderschrift stand mein Name auf der ersten Seite, und die Bilder hatte ich ausgefärbt. Seltsam, etwas in mir veränderte sich – ich wurde hilflos, war entwaffnet.

«Zweifle nicht, es ist schade um unsere gemeinsame Zeit. Sie ist nur kurz und vielleicht ist es das letzte Mal. Immer nach dreiunddreissig Jahren komme ich bei Dir vorbei. Ich erinnere Dich daran, dass du einmal ein Kind warst. Und dann will ich von Dir wissen, wie viel von dem Kind noch in Dir übrig geblieben ist. Denn nur Kinder, grosse oder kleine, können weitergehen, ohne zu fallen. Und nur Leute, die nicht hinfallen, können die Welt am Laufen halten. Sonst steht sie still, und es ist immer Nacht.»

Völlig abgehoben und ausgeklinkt, diese Situation; ich muss mit offenem Mund und weit aufgerissenen Augen dagesessen haben, ein Kinderbuch in der Hand. Eigentlich wollte ich mir einen ruhigen Abend vor dem Fernseher machen – so etwas! Aber trotzdem, eigentlich steckte schon etwas dahinter: Kindheit, Kind sein, Kind bleiben im Alltag? Warum war meine Kehle wie ausgedörrt? «Hast Du denn eine Rute bei Dir, bist Du eine Domina, oder nimmst Du mich gar mit?», krächzte ich.

Nicole lachte ausgelassen, ihre Augen blitzten: «Peter, Peter, was Dir nur immer in den Sinn kommt. Nein, nein, und ein dickes Buch habe ich auch nicht – es gibt nichts aufzuschreiben. Alle Kinder beginnen gleich, erst wenn sie wachsen und älter werden, beginnen sie sich zu unterscheiden. Für mich aber ist einzig und allein wichtig, wie viel Kindlichkeit Du für Dich bewahren konntest.»

Ich kratzte mich hinterm Ohr. Bevor ich etwas sagen konnte, fuhr Nicole weiter:

«Kannst Du noch über Dich lachen und nicht nur über das Missgeschick von andern? Kannst Du aber auch traurig sein und weinen, nicht nur wenn niemand es sieht? Kannst Du spielen? Nein, nicht diese sinnlos sinnvollen Erwachsenenspiele, richtige Phantasiespiele: Ein Korkzapfen ist ein Elefant, der Radiergummi ist ein Papagei, und der Bleistift wird eine Giraffe? Kennst Du nur noch Maschinen, aber keine Menschen mehr? Ist Dir Geld und Besitz wichtiger geworden als offene Türen zum Hinausrennen in einen strahlenden Sommertag?»

Nicole legte mir die Hand auf die Schulter, küsste mich flüchtig, ein weicher warmer Mund. «Denke darüber nach, schreib mir Deine Antwort, ich werde sie in Deinem Alltag lesen können. Wer weiss, vielleicht sehen wir uns in dreiunddreissig Jahren wieder? Ich muss jetzt gehen, begleitest Du mich hinunter?»

Vor dem Haus stieg Nicole in einen feuerroten Sportwagen, der Motor heulte auf, Reifen quietschten um die Häuserecke, und weg war sie. Ich musste geträumt haben, wahrscheinlich zu viel Arbeit im Büro.

Als ich die Wohnungstüre wieder aufschloss, roch es nach Zimt und Schokolade, Rosmarie hatte heute Backtag, und auf dem Sofa lag ein wunderschönes Lebkuchenherz mit einer roten Schleife: «Frohe Weihnachten.»

Die unwiderstehliche Macht des Frühlings

Es wird Frühling, es ist nicht mehr abzustreiten. Der Winter kann mir – für dieses Jahr – gestohlen bleiben. Zwar begegnen mir ab und zu noch ein paar Unverbesserliche, in dicke Anoraks verpackt, die Bretter, die ihre Welt bedeuten, fest im Griff. Der Berg ruft, und sie eilen durch den Bahnhof, hinauf in den Schnee, der so weiss ist wie der Gips nach dem Beinbruch. Von knochenbiegenden Sportarten allerdings halte ich um diese Jahreszeit wenig, der Osterhase ist mir näher als all die Schneehäschen. Soll er rufen, der Berg – mich lockt der Frühling.
Schau, hier blauen und gelben schon Krokusse, und dort blitzt ein elegantes Bein aus dem offenen Wintermantel. Ein bunter Kravattling flattert im ersten Frühlingsföhn. Auf den Bänken an der Promenade sonnen sich die ersten Brillen. Es wird Zeit, unruhig zu werden, Zeit, die Motten mit der Wintergarderobe zu füttern. Es ist Zeit, die winterliche Schwere abzustreifen und sich leichtfüssig den frisch erwachten Lebensgeistern in die Arme zu werfen. Frühling, wer könnte dir widerstehen!
Frau meines Frühlings, vergiss die Pflichten, wirf die Akten zum Altpapier, fahr den Computer herunter, zieh den Stecker aus und die Schuhe an, lass uns hinausgehen, in die Sonne blinzeln und uns strecken wie dicke faule Kater, neugeboren nach langem, tiefem Winterschlaf.
Steh endlich auf, wir wollen uns auf ein Neues verlieben, lass uns der Prozession der Händchen haltenden Paare folgen. Lass uns die Sonnenbrillen putzen, das erste Mal in diesem Jahr. Läutet die Kirchenglocken und die Osterglocken, denn wir sind unterwegs!
Aber halt, Moment, warum stehe ich plötzlich allein, mit leeren Händen, vor der Haustüre? Da stimmt doch etwas nicht, da ist doch etwas nicht normal!
«Das ist doch nicht normal!», rufe ich, wie ich wieder zurück in

die Wohnung komme, «wo bist du denn?» Aus der Ecke unserer Höhle, die dem Computer gehört, tönt das vertraute «Klickklack» der Tastatur. Die Frau, der ich ewiges Leben geschworen habe, sitzt mit starrem Blick vor dem Bildschirm, geisterhaft beleuchtet. Beschwörend legt sie eine Hand auf die Maus.

«Ich komme sofort, nur noch dieses eine Mail abschicken, dann bin ich gleich soweit!»

«Hast du die Wetterprognosen gehört? Frühling bis in die Niederungen! Komm, lass doch die Kiste sausen!»

«Gleich, mein Schatz, sei so lieb, nur noch einen Moment!»

Ich gehe zum Fenster, schaue den Liebespaaren zu, die vorbei spazieren. Wahrscheinlich wurde ihnen der Computer gepfändet, oder er ist definitiv abgestürzt. Dann schalte ich den Fernseher ein und sehe mir gelangweilt ein bis zwei Spielfilme an.

«Amüsierst du dich gut?» tönt es aus der Computerecke. «Könntest du den Ton etwas leiser stellen, ich kann mich sonst nicht konzentrieren.»

«Einverstanden: Ich stelle ab und du stellst ab und dann gehen wir hinaus an die Sonne und feiern Frühling?»

«Ja ja, klar, Superidee. Sofort, nur noch eine kleine Sekunde.»

Ohne Ton machen die Filme noch weniger Spass. Dann kommt Werbung. Kauf Deiner Familie einen Supermarkt leer, und alle werden dich lieben und ehren bis ans Ende Deiner finanziellen Mittel. Reib dir irgendetwas irgendwo ein, und alle Menschen werden dir zu Füssen liegen. Wie ein Blitz geht mir auf: Das ist es, verführen! Ich dusche mich noch einmal, rasiere besonders sorgfältig. Dann schütte ich gleich flaschenweise von dem Zeug, das Männer stark und Frauen schwach macht, überall dorthin, wo es brennt. Ich werfe mich in das unwiderstehliche Hemd aus dem letzten Urlaub, aufgeknöpft bis zum Äquator. In der Kommandozentrale streichelt meine Bordingenieurin entrückt ihre Instrumente, sendet ein Mail ums andere an die Sternenflotte. Ich vertiefe mich in ihre krokusblauen Augen: «Kommen Sie mit, zu einem kleinen Raumspaziergang? Der Mars scheint heute so schön?»

«Spinner, willst du an die Fasnacht? Und überhaupt, wie riechst du denn? Das ist ja widerlich! Geh aus dem Weg, ich sehe den Bildschirm nicht!»

«Schatz, der Sonntag, die Sonne, der Frühling, wir...»

«Ja, ja, ich komme gleich, hab`s ja schon gesagt!»

«Das war aber vor drei Stunden?»

«Ja, das geht halt länger, wenn du mich immer aufhältst und Kapriolen machst. Los, los, wasch dir das eklige Zeug herunter, dann gehen wir.»

«Abgemacht?»

«Grosses Pfadfinderehrenwort!»

«Ohne Blitzableiter?»

«Grosses Pfadfinderehrenwort ohne Blitzableiter!»

Wieder stehe ich unter der Dusche, heute finden offenbar die olympischen Wasserspiele bei uns zu Hause statt. Dann ziehe ich den dunkelblauen Pulli an und gehe zurück, mit klarem Blick und klarem Ziel: die Welt erobern und meine Frau entführen!

Kolumbus betritt die Kabine seiner Wahrsagerin Esperanza. Gebannt sitzt sie vor ihrer Kristallkugel, wendet den Blick keine Sekunde ab. Aus der Kugel flackert ein milchiges Licht. Die schwarze Katze kauert auf der Schulter, faucht den Kapitän an. Blitze schiessen aus den Augen. Sie hebt eine Tatze, mit Krallen, die kratzen wollen. Ungeduldig klopft Esperanza mit den Fingern auf den Tisch. Neben der Kristallkugel liegt eine Maus, gefesselt mit einem Kabel, verängstigt schaut sie zu.

«Holde Esperanza, darf ich hoffen? Kommt mit mir, entdecken wir ein neues Land, ich möchte Euch einen halben Kontinent schenken und ein paar Tonnen Gold, die Sonne und den ganzen Nachmittag dazu.»

«Gleich, Christobal, gleich bin ich soweit, ich erwarte noch eine himmlische Message, aber die Interengel sind heute wieder besonders träge.»

Nach langem Warten wirft sich Kolumbus entmutigt aus dem Fenster und ins Meer. Dort entdeckt er den versunkenen Kontinent Atlantis, später wird er ein Lied darüber schreiben, es wird ein Hit werden!

Als ich wieder auftauche, versuche ich es nochmals diplomatisch: «Schatz, lass uns die Segel setzen.»

«Jetzt reicht's aber, ich lass mich nicht hetzen! Ich bin ja gleich soweit. Eine miese Laune verbreitest du!»

Der zauberhafte Frühlingsnachmittag geht unaufhaltsam vorbei. Es muss doch einen Ausweg geben – wäre doch gelacht! Und tatsächlich, endlich finde ich die Lösung!

Nach einigem Herumtelefonieren gelingt es mir, einen Gabelstapler zu leihen. Behutsam kurve ich durch die Wohnung zur Computerecke. Dort hebe ich meine Fürstin von Mail und Message samt Stuhl, Tisch und Computer sachte an. Sie merkt nichts davon und haut unbeirrt weiter auf die Tastatur ein. Dann mit Vollgas nichts als hinaus, in die letzten Sonnenstrahlen. Zugegeben, es mag etwas seltsam aussehen. Aber endlich sind wir zusammen, ein Herz, eine Seele und ein Prozessor. Wir fahren in die Farbenglut der untergehenden Sonne hinein, so weit das Kabel reicht.

Eine packende Geschichte

Vorwurfsvoll schauen mir die Fenster vom Bürogebäude nach. Sie mahnen streng: In drei Wochen wollen wir dich wieder! Ich strahle zurück: Sommerurlaub! Mein Herz tanzt im Walzertakt in die Ferien hinein!

Die Pläne sind geschmiedet, die Nägel haben Köpfe, im Auto wartet ein randvoller Tank darauf, in Kilometer verwandelt zu werden. Frau, komm, lass uns endlich die hungrigen Koffer füttern, sie sperren die Mäuler auf wie junge Vögel im Nest.

Alle Jahre wieder folgt dieselbe Zeremonie: Jedes mal versprechen wir uns hoch, heilig und gegenseitig, diesmal ruhig und würdig, wie es sich für reife Persönlichkeiten gehört, zu packen. Dann würden wir gelassen den Autoschlüssel drehen und entspannt in die Ferien rollen, ein mildes Lächeln im Gesicht.

Mit einem Bein noch im Treppenhaus, und schon fliegt mir mein Himmelskörper entgegen. «Ferien!», rufe ich; wir sehen uns mit flackernden Augen an, wir zittern. Wir ahnen es bereits beide: ein schwerer Anfall von Reisefieber!

Vergebens die guten Vorsätze, vergessen die wochenlange Planung. Mit fliegenden Fingern zerreisse ich lustvoll die mühsam zusammengestellten Packlisten. Hastig verschlingen wir im Stehen in der Küche ein belegtes Brot. Dann fällt der Startschuss zu einer wilden Packorgie! Innert kürzester Zeit verwandeln wir unsere Wohnung zuerst in einen Ameisenhaufen, dann in ein Schlachtfeld.

Zuerst werden alle Kästen und Schubladen geöffnet. Im Badezimmer suche ich im unteren Schränkchen eine Reservezahnbürste. Bei Aufstehen knalle ich mit dem Kopf an die Türe des Spiegelschranks. Ich sehe die Sternlein im Elsass, alle meine Planeten und mein ganzes Horoskop an mir vorbeiziehen. Langsam beginne ich zu zählen, bei neun komme ich wieder hoch. Sofort, nachdem ich wieder klar formulieren kann, gehe ich zügig, aber lautstark die Hitparade meiner Lieblingsschimpfwörter durch. Zuckersüss flötet die Frau, die Schränke und Truhen mit mir teilt: «Hast Du etwas gesagt, lieber Schatz?»

«Nein, nein, mein goldener Sterntaler; ich unterhalte mich nur ein wenig mit dem Badezimmerschrank.» Sie murmelt etwas vor sich hin, es ist aber kaum mehr wahrnehmbar, da ich die Badezimmertür zuschlage. Danach habe ich einen ersten kleinen Nervenzusammenbruch. Im Spiegel bewundere ich, wie schnell mir eine Beule wächst; ein alter, grauer Mann schaut zurück, mit einem verbitterten Zug um den Mund. Langsam erinnere ich mich auch wieder, was ich eigentlich wollte.

Die Fünfliterpackung Haarshampoo und den Haartrockner müssen wir unbedingt einpacken, und wenn wir schon dabei sind, auch noch die elektrische Zahnbürste. Vielleicht treffen wir einen schmutzigen Hund, der Mundgeruch hat? Man weiss nie! Toilettenpapier! Man kann nie wissen! Unerwartet schliessen die europäischen WC-Papierhersteller ihre Fabriken, und wir stehen mit heruntergelassenen Hosen da! Und die Nagelfeile für Linkshänder und den Rasierapparat mit Rückspiegel – so geht es weiter, bis das Badezimmer öd und leer ist bis auf ein paar angeknickte Ohrenfeger.

Derweil ist meine Hauptreisegefährtin nicht träge gewesen: Der Inhalt aller Kästen, Kisten und Truhen türmt sich babylonisch mitten im Zimmer. Wohin will sie denn bloss mit den Keller- und Estrichschlüsseln? «Nein», brülle ich mit roter Stimme, «diesmal bleiben die Schneeketten und das Kanu hier!» Mein Kampfstern blickt mich wütend an, sie scheint zu allem entschlossen. Mutig habe ich ihr die Schlüssel entrissen und sofort verschluckt – ein bisschen kühl für meinen Geschmack, aber nicht einmal so übel; liegen vielleicht etwas schwer auf.

Nach einer schöpferischen Gefechtspause gelangen wir beschwingt in die Verhandlungsphase. «Was, du willst fünf

Paar Schuhe mitnehmen!» - «Und du, was willst du mit Turn-schuhen, du machst ja sowieso keine überflüssige Bewegung!» Wir streiten uns um jeden einzelnen Socken, um jedes einzelne der rund fünfzig Bücher, die mitkommen müssen. Ausgepumpt sinken wir für ein paar Sekunden auf die letzten zwei freien Stühle.

In der nun folgenden Resignationsphase stellt jeder trotzig seine Sachen zurück in den Schrank.

«Du bist ganz selber schuld, wenn du das Ersatzbügeleisen ver-missen wirst!»

«Geschieht dir recht, wenn ich krank werde, nur weil uns der dritte Regenschirm gefehlt hat!»

«Und du wirst schuld sein, wenn ich nasse Füsse habe, weil ich wegen dir die Gummistiefel nicht mitnehmen durfte.»

Das nun will ich auch wieder nicht. Zwingend und in Fettdruck müssen die Gummistiefel mit, oder die Lebensversicherung wird wirkungslos! Sie dagegen überredet mich definitiv, auch noch das blaue Surfbrett mitzunehmen, obwohl wir eigentlich in die Berge fahren. Man weiss ja nie, vielleicht gibt es eine Überschwemmung und dann sind wir froh, wenn wir die Ein-käufe trocken nach Hause bringen können.

So nebenbei finde ich die seit langem verloren geglaubten Hausschlüssel wieder. Zudem tauchen zwei Paar Winterhosen auf – ich hatte sie als verschollen erklärt und neue nachgekauft. Ferner finde ich einige unbezahlte Rechnungen, ich habe sie zum Altpapier gelegt. Dafür verschwanden mein Führerschein und das Portemonnaie.

«Schatz, hast du mein Portemonnaie gesehen?»

«Ja, ich habe es auf den Stapel Hemden gelegt, mein Schatz.»

«Und wo sind die?»

«Auf dem Tisch im Wohohohnzimmer», trällert es aus der Küche. Von dort hatte ich die Hemden nach hinten getragen, weil dort die Tasche für die saubere Wäsche stand. Diese Tasche steht jetzt aber überraschenderweise quer im Korridor. Als ich darüber stolpere, fliegt der ganze Inhalt in hohem Bogen heraus. Nachdem ich zähneknirschend alle Hemden neu zusammengelegt habe – vielleicht nicht ganz so schön im Falt wie vorher –, finde ich Ausweis und Geldbeutel wieder. Nanu, da fehlen ja glatt drei Hunderter?

«Kannst du mir eventuell und freundlicherweise, dafür aber sofort und einleuchtend erläutern», frage ich, «wo die drei Hunderter hinkamen?»

Die Frau meiner Neu- und Vollmondnächte ist in einen Zweikampf mit einem brutalen, roten Koffer verwickelt. In der dritten Runde gewinnt sie Oberhand und führt nach Punkten, die Schlösser schnappen zu.

«Ich musste unbedingt ein paar neue Sachen haben», keucht sie, «und überhaupt hatte ich rein gar nichts mehr zum Anziehen, und schliesslich willst du ja immer eine schicke Frau!»

«Ja schon, aber gleich drei Hunderter?»

«Sei jetzt nicht eklig, alles wird teurer, wir sind schon spät dran; Geld allein macht nicht glücklich!»

Um meinen Unmut klar auszudrücken, habe ich trotzig das Gepäck zum Auto getragen und eingeladen; Reden bringt nichts, und Schweigen ist Gold. Ich habe energisch vor mich hin protestiert. Endlich ist alles im Auto verstaut, die geplanten drei Koffer, der Picknickkorb und zwei mir bisher unbekannte Taschen plus rund zwanzig Plastiktüten. Mit dem Schuhlöffel zwängen wir uns auf die Sitze. Durch eine Lücke zwischen dem Korb mit den Fressalien und den Bettdecken sehe ich einen schmalen Streifen von der Strasse, die uns in die Freiheit der Ferien führen wird.

Bissig kommentiere ich beim Anfahren: «Nächstes Jahr nehmen wir das Flugzeug, da bist Du näher bei deinen Sternen.»

Und du kannst nur zwanzig Kilo Gepäck mitnehmen, habe ich für mich gedacht.

«Au fein», erwidert meine Feriengespielin, «dann fliegen wir Last Minute!»
Ich aber fahre gegen einen Baum und falle in Ohnmacht.

Engel Gabi 2

Es war früh, sehr früh, an einem eisigen Dezembermorgen, es muss jetzt drei Jahre her sein. Ein kalter Schneewind tobte und heulte um die Strassenbahnhaltestelle, zerrte mir wütend an Jacke und Schal; die Hosenbeine flatterten. Gespenstisch schwankten die Strassenlampen hin und her, gaben zu wenig Licht, der Platz blieb leer und dunkel. Ich spürte die Kälte auf der Haut, spürte, wie ich erstarrte. Wie schön müsste es jetzt sein, noch im warmen Bett liegen zu können.

Die waagrecht jagenden Schneenadeln verklebten meine Brillengläser. Notdürftig wischte ich sie sauber, aber die Gläser verschmierten. Es musste sechs Uhr geworden sein, in den Schaufenstern hinter mir ging flackernd die automatische Beleuchtung an.

Ich drehte mich um und betrachte die überladenen Auslagen. «Advent, Advent», schoss mir durch den Kopf, «das Fest der klingelnden Kassen.» Glitzernder, billiger Schaufensterprunk, Sterne, Kerzen, Weihnachtsbäume spiegelten sich gegenseitig in ihren roten Kugeln. Gebettet auf künstlichem Schnee lagen effektvoll arrangierte Waren, zu beglücken die Christenscharen.

In einem weissen, fliessenden Kleid und mit sittsam auf dem Rücken gefalteten Flügeln wachte eine als Engel verkleidete Schaufensterpuppe über das Glitzerzeug. Mild lächelnd schaute sie mit blauen Augen, durch goldne Locken hindurch, auf ein Stück Gehsteig und Strasse, vielleicht konnte sie sogar den Himmel sehen.

Ich stellte mich neben dem Schaufenster an die Hauswand, um wenigstens ein wenig vor dem Schneegestöber geschützt zu sein. Endlich, eine Strassenbahn kam auf die Haltestelle vor dem Kaufhaus geschwankt, quietschte in der Kurve. Die hell erleuchtete Arche Noah zog klingelnd an mir vorbei, ein paar Fahrgäste schauten gelangweilt und verschlafen durch die beschlagenen Scheiben.

Neben mir klopfte es leise an das Schaufenster. Seltsam, es war niemand zu sehen? Wahrscheinlich der Wind. Es klopfte noch einmal, lauter, heftiger. Ich wandte mich dem Schaufenster zu. Seltsam, vorhin stand der Puppenengel doch weiter hinten? Ich musste mich getäuscht haben. Ich putzte nochmals die Brille, aber es war nichts zu machen, verschmiert bleibt verschmiert.

Ich lehnte zurück an die Hausmauer. Da, schon wieder dieses fordernde Klopfen! Rasch drehte ich mich um. Der Weihnachtsengel stand an die Scheibe gelehnt und schaute mich mit weit aufgerissenen Augen an. Wahrscheinlich gab es irgendwo Durchzug, und ein Luftstoss hatte die Puppe gekippt, überlegte ich. In diesem Moment zerfloss das Schaufensterglas, schmolz wie eine dünne Eisplatte. Der Engel verlor seinen Halt und stürzte mir entgegen. Ohne zu überlegen, fing ich die Puppe auf. Seltsam, müsste sie nicht leichter sein? Ich rang um mein Gleichgewicht.

«Hoppla», sprach der Engel, «Entschuldigung für die Störung.» Ich musste träumen oder eingefroren sein. Aber tatsächlich, neben mir auf dem zugigen Gehsteig stand der Engel aus dem Schaufenster, blond, blauäugig, im weissen Kleid und mit Flügeln, die im Schneesturm flatterten! Die Schaufensterscheibe war, wie wenn nichts geschehen wäre.

«Hallo, guten Morgen», plauderte der Engel weiter, «huh, es ist kalt hier draussen. Kein Wunder, dass alle so unglücklich aussehen!»

«Ja, ja», brummte ich, «tatsächlich saumässig heute Morgen. Ehm, verzeihen Sie mir meine Neugier, es ist noch etwas früh für mich, habe ich richtig gesehen, Sie sind durchs Fenster auf die Strasse geflogen?»

«Genau, das hast du richtig gesehen, Peter, das war auch gar nicht einfach», meinte mein Engel stolz.

«Eigentlich bin ich nämlich gar kein richtiger Engel!»

«Aha», antwortete ich, «nicht richtig, aha?»

«Ja, ich sehe zwar wie ein Engel aus, eigentlich bin ich aber die ausrangierte Schaufensterpuppe Modell Gabi 2. Während elf Monaten stehe ich im Lager, unter einem Tuch zugedeckt. Und jeden Advent werde ich hübsch hergerichtet und ins Schaufenster gestellt.»

«Aha», antwortete ich, «soso, ins Fenster gestellt?» Ich träume wohl, dachte ich, wahrscheinlich liege ich noch im Bett, und der Wecker wartet auf mich. Aber eigentlich ist sie ganz nett, die Kleine.

«Ja, eben!», fuhr Gabi 2 fort. «Weil sie mir Flügel auf den Rücken gebunden haben, verspüre ich ein wenig Engelskraft in mir. Einmal hat mir ein richtiger Engel ein paar Tricks gezeigt. Sie funktionieren aber nur, wenn ich die Flügel trage!»

Wieder zog eine Strassenbahn an uns vorbei, ohne zu halten. Gabi 2 versteckte sich hinter mir. Es wurde mir doch etwas zu kompliziert, ich fragte sie ungeduldig: «Gabi 2, es ist ein netter Traum mit dir zusammen, aber woher kennst du mich, und was soll ich bei der ganzen Sache?»

Gabi 2 blinzelte mich mit unschuldig blauen Augen an: «Das ist kein Traum, Peter! Ich sehe dich jeden Morgen hier stehen und ungeduldig auf die Strassenbahn warten. Du warst mir von Anfang an sympathisch.» Ich spürte, wie mir trotz Kälte warm wurde.

«Es ist ganz einfach», fuhr Gabi 2 fort: «Seit ewigen Zeiten bin ich jahrein, jahraus für einen Monat der Schaufensterengel. Jedes Jahr muss ich dasselbe langweilige Kleid anziehen und die blonde Perücke. Alle starren mich an, nur du hast so lieb geschaut.» Gabi 2 kam ganz nahe, legte mir eine Hand auf die Schulter und zeigte mit der andern durch das Schaufenster: «Die anderen Modelle hingegen, schau, die dort hinten, die werden alle paar Tage neu angezogen und gekämmt, alle Leute schauen sie bewundernd an, weil sie so schön sind, schlank und edel.»

«Ich habe einen Plan», verkündete Gabi 2, «und du wirst mir dabei helfen, ihn auszuführen!» Sie zog mich zu sich und flüsterte mir ins Ohr. Ich schaute sie erschrocken an: «Traum oder nicht Traum, warum meinst du, sollte ich so etwas Verrücktes tun?»

Schelmisch lächelte mich Gabi 2 an: «Bald ist Weihnachten, und es wird höchste Zeit für dich, etwas Gutes zu tun!» Raffiniertes Biest!

Der Plan war überraschend einfach. Besonders, wenn man darin geübt ist, durch Schaufensterscheiben ein- und auszugehen und an der Haltestelle mit Engeln über das Wetter zu plaudern. Aber wer könnte schon Gabi 2 widerstehen!

Sie nahm mich bei der Hand, forderte mich auf, ernst zu bleiben. Schon schritten wir zusammen durch das Fensterglas wie durch Spinnweben. Kaum drinnen. musste ich sofort meine Schuhe ausziehen, damit es keine Spuren im Schnee gäbe.

Sorgfältig stiegen wir über Päckchen und Dekorationen, dann standen wir im Laden. Es war warm drinnen. und mir wurde heiss, die Brille beschlug. Gabi 2 schritt in den dunklen Laden hinein, ich folgte ihr halb blind.

«Bind mir die Flügel los», flüsterte sie. Das war der Haken bei der Sache, das konnte sie nicht selber tun, der Verschluss sass zu weit hinten. Sorgfältig band ich die Flügel los. Gabi 2 wurde ganz aufgeregt, ich begann zu schwitzen.

«Rasch, mach vorwärts», trieb mich Gabi 2 an, «ohne Flügel bleibt mir nicht viel Zeit, dann werde ich wieder zur Schaufensterpuppe!» Draussen fuhr eine Strassenbahn vorbei, ohne zu halten. Wir duckten uns hinter eine Gruppe anderer Schaufensterpuppen. Gabi 2 umfasste meinen Nacken, zog mich zu ihr, ein heisser Kuss liess mein Herz noch schneller klopfen.

Gabi 2 seufzte, dann verschwand sie in einer Umkleidekabine.

«Aber nicht schauen», befahl sie. «Dort, die Grüne, die will ich haben», jubilierte sie. Ich zog der Schaufensterpuppe das lange, grüne Seidenkleid aus – ein seltenes Gefühl, die Puppe schien mich entsetzt anzustarren. Inzwischen war Gabi 2 aus ihrem Engelskostüm geschlüpft, sie hielt es ungeduldig aus der Kabine heraus. Ich nahm das weisse Kleid entgegen und reichte ihr dafür das schicke Grüne.

«Danke, Peter», flüsterte sie aus der Kabine, die Seide raschelte. Danach zog ich hastig das Engelskostüm der nackten Schaufensterpuppe über und stellte sie behutsam ins Schaufenster, genau an die Stelle, wo vorher der Engel gestanden hatte. Zurück zur Umkleidekabine. Ich räusperte mich, zögernd zog ich den Vorhang zur Seite. Gabi 2 war wieder zur Schaufensterpuppe geworden, starr lächelte sie mir entgegen, blond, in einem grünen Abendkleid, das ihre tolle Figur betonte. Ich fasste sie zärtlich um die Taille und stellte sie zu den anderen Modepuppen. Ich drückte ihr einen flüchtigen Kuss auf den Mund, auf Wiedersehen!

Wie hatte Gabi 2 gesagt, käme ich jetzt aus dem Laden hinaus? «Die Flügel, genau, die Flügel werden mich wieder durchs Fenster lassen», schoss es mir durch den Kopf. Sie hingen ordentlich am Kleiderhaken in der Umkleidekabine. Rasch nahm ich sie an mich, stieg auf Zehenspitzen durch die Auslage auf das Fenster zu. Niemand auf der Strasse? Ich stemmte gegen die grosse Scheibe, sie liess sich aufstossen wie eine schwere Türe. Beinahe war ich schon draussen, als ich mich an meine Schuhe erinnerte. Ich liess die Flügel fallen und schnappte mir im letzten Moment die Schuhe.

In Socken stand ich auf dem Gehsteig. In diesem Moment ratterte die nächste Strassenbahn um die Ecke. Sie hielt vor mir, zischend öffneten sich die Türen. Ohne mich umzusehen, stieg ich ein. Die paar müden Fahrgäste sahen kaum auf. Rasch setzte ich mich hin, zog mir die Schuhe an. Zwei Stationen weiter ent-

deckte ich eine weisse Feder, die sich im Jackenaufschlag ver-
fangen hatte, sorgfältig steckte ich sie in meine Brieftasche.

Nach Feierabend ging ich unauffällig an unserem Schaufenster
vorbei. Die Dekoration war inzwischen ausgetauscht worden.
Im Fenster stand robust ein rotbäckiger Nikolaus, in schweren,
schwarzen Stiefeln. Im Hintergrund aber strahlte Gabi 2, im eleganten, grünen Abendkleid. Als gerade niemand hinsah, zwin-
kerte sie mir zu und wünschte mir mit einem Kussmund schöne
Weihnachten.

Basil und das Nummerngirl

Diese Geschichte dürfe ich erst erzählen, wenn er weggezogen sei, habe ich Basil versprochen, und vor ein paar Tage hielt ich die Postkarte mit seiner neuen Adresse aus einer fernen, fremden Stadt in der Hand.

Basil, dreissig, Single aus Leidenschaft, würde sich wohl ebenfalls als kühlen Rechner einstufen, und es ist wahr, ich habe ihn selten unbeherrscht oder ausschweifend erlebt. Doch in diesem besonderen Jahr war der Frühling unverschämt in seiner Pracht, niemand konnte sich der sinnlichen Fülle dieser Sonnentage entziehen. Nach ebenso reiflicher wie sorgfältiger Überlegung beschloss Basil, sich dem allgemeinen Frühlingsrausch anzuschliessen und der zwischenmenschlichen Windstille in seinem Leben endlich ein Ende zu bereiten.

Solch tiefgreifende Änderungen wollen gut überlegt und umfassend geplant werden. Zu oft schon hatte man Freund und Feind beim partnerschaftlichen Schiffbruch zugesehen. Ein bisher unschuldiges Blatt Papier wurde durch eine senkrechte Linie halbiert. In die linke Spalte schrieb Basil mit seiner kleinen, regelmässigen Schrift seine Vorzüge. In der rechten Hälfte listete er das Anforderungsprofil an die geplante grosse Liebe auf. Während einer ganzen Woche arbeitete er jeden Abend an seiner Aufstellung, verwarf, sortierte, schrieb alles frisch ab. Am siebenten Abend sah er, dass er nichts mehr verbessern konnte. Er war zwar immer noch allein, aber immerhin mit einem Konzept. Sorgfältig faltete er seine Blätter zusammen und steckte sie in die Jackentasche. Komme, wer wolle, Basil war bereit.

Doch entweder kann der Frühling nicht lesen, oder er kümmert sich nicht um Wunschzettel. Basil musste geschäftlich verreisen, und der Frühling warf den ersten Dominostein in einer langen Reihe um, die Basil sein Konzept verwelken liessen, noch ehe der Herbst kam.

Basil steckte mitten in den Reisevorbereitungen, die dank raffinierten Packlisten absolut problemlos verliefen. Noch waren die Bahnbillets zu besorgen. In der mittelkleinen Stadt, in welcher wir am selben Stammtisch zu sitzen pflegten, werden üblicherweise grössere Bahnfahrten im Reisebüro der Bahn gebucht, im persönlichen Gespräch mit Beratung, die Fernweh aus Prospekten gegen Bezahlung in Reisepapiere umwandelt; Eintrittskarten in erregende, neue Welten.

Damit Ordnung herrscht und, behüte, nicht etwa Reisefieber, spuckt ein Automat dem Eintretenden ein Ticket mit einer Nummer entgegen. Eine elektronische Anzeigetafel weist in effizient angemessener Zeit einen freien Schalter zu. Flinke Finger entlocken dem Computer die Reisedaten, ein Druckerchen knattert die Tickets hin, bezahlt wird mit Plastik, schon schliesst sich sanft die automatische Türe hinter dem Kunden.

Weltmännisch zog Basil seinen Nummernschein aus dem Automaten und richtete sich auf den eleganten, aber unbequemen Plastikstühlen ein. Bald begann er sich zu langweilen. Er zählte die Zahlen auf der Anzeigetafel zusammen, dann errechnete er die Quersumme. Änderte sich eine Zahl auf der Tafel, rechnete er seine Zahlenreihen neu durch. Beinahe übersah er, dass seine Nummer an der Reihe war, ein energisches Summen mahnte ihn, sich zum Schalter sieben zu beeilen.

Basil wollte gerade seine Reisepläne ausbreiten, als der Frühling sein Netz über ihn warf, wie die romantischeren der Poeten meinen. Reisepläne und Lebenskonzepte waren in Sekunden vom Tisch gefegt! Heute fand der Frühling an Schalter sieben statt. Basil, noch den Mund offen, die Augen aufgerissen, war eingefroren.

Die charmante Schalterdame lächelte Basil auffordernd zu, sie war auf schwierige Kundschaft vorbereitet worden: «Kann ich Ihnen helfen?»

«Ja, nein, doch», und anderen völlig unzusammenhängenden

Unsinn stammelte Basil. Er starrte das Ebenbild seiner Träume an. Die Knie müssen gezittert haben, Basil wurde heiss und kalt.

«Wollen wir verreisen?»

Mit dem letzten Notvorrat an Verstand stellte Basil nüchtern fest, dass er sich zum Narren machte, drehte sich um und ergriff hastig die Flucht. Kaum aus dem Reisebüro gepurzelt, blieb er wie erstarrt stehen. Schon bereute er seine Flucht. An Schalter sieben, das war sie, diejenige, ohne die sein weiteres Leben nur noch ein gemüseähnliches Vegetieren im Schatten wäre. Die Frau seiner kühnsten Erwartungen, welch ein Lächeln, welch ein Strahlen, auf sie mussten mindestens 70 Prozent seines Konzeptes zutreffen!

Wie konnte man sich nur so anstellen! Zurück, schnell zurück, bevor es zu spät war. Basil fror. Er stürmte wieder ins Reisebüro, an den Schalter sieben, noch stand niemand an. Ein korrektes, einstudiertes Lächeln belehrte ihn:

«Sie sind noch nicht dran, sie müssen zuerst ein Ticket lösen beim Eingang.»

«Aber, aber, ich will ja nur...»

«Tut mir leid, aber das ist hier vorgeschrieben, ohne Ticket darf ich Ihnen leider keine Auskunft erteilen.» Die freundliche Dame lächelte so lange, bis Basil entwaffnet zum Eingang trottete und ein neues Ticket bezog.

Glücklicherweise waren nur wenige Leute in der Schalterhalle, nur drei Schalter waren besetzt. Gemächlich leuchtete Nummer um Nummer an der Anzeigetafel auf, Basil hätte Nägel kauen mögen.

Automaten erledigen ihre Aufgaben schnell, gründlich und ohne Rücksicht auf Gefühle oder Frühlingserwachen. Basil wurde an Schalter neun gewiesen, zu einem ebenfalls gut geschulten, langweilig netten Schalterbeamten. Die Auskünfte waren ebenso ausführlich wie korrekt, wie Basil registrierte;

nur leider, der Schalter war der falsche. Alle Bemühungen, die Aufmerksamkeit der Frühlingsblume von Schalter sieben zu wecken, waren erfolglos. Sie räumte mit langen, eleganten Fingern Prospekte in einen Ständer und bemerkte nichts. Basil bedankte sich beim netten Herrn an Schalter neun und verliess erneut das Reisebüro.

«Wie komme ich nur an den richtigen Schalter?», grübelte Basil, als er die Schaufenster studierte. Rasch rechnete er alle Möglichkeiten durch, das konnte Stunden dauern, bis er den Volltreffer landete, oder den ganzen Tag! Oder, Moment, da gäbe es doch eine Möglichkeit?

Basil ging beschwingt zurück, stellte sich breitbeinig vor den Ticketautomaten und bezog ein Ticket um das andere, bis er 20 Tickets in seinen Händen auffächerte wie ein Kartenspiel. Wäre doch gelacht, dachte er und stellte sich vor die Anzeige. Die nächste Nummer leuchtete auf, falscher Schalter, fort damit, die nächste, falsch, weiter falsch, falsch.

Heute war es wie verhext. Alle Schalter waren frei, nur am Schalter seiner Reisegelüste klebte eine Dauerkundin, und bis die Sieben wieder frei war, hatten die andern Schalter alle 20 Tickets durchgerasselt, da sich auf die Aufrufe keine Kunden meldeten.

Da, Schalter sieben wurde aufgerufen, ein neuer Kunde näherte sich dem Schalter. Basil sprang zu allem entschlossen auf, riss dem erstaunten Mann den Nummernschein aus den Fingern, stopfte ihm die restlichen alten Tickets in die Tasche, schrie «ein Notfall, ein dringender Fall, Entschuldigung.» Dann stürmte er nach vorne, stolperte über eine Markttasche, die im Weg stand, sauste sozusagen auf einem Absatz dem Schalter sieben entgegen. Basil klammerte sich mit einer Hand am Schalter fest. Mit der andern hielt er triumphierend das Ticket hoch. «Sie schon wieder», lächelte kühl die Schalterdame, «Zug oder Flugzeug?»

«Die Kutsche!», keuchte Basil verzweifelt.

«Wir hätten da sehr schöne Nostalgiefahrten mit einer alten Postkutsche, allerdings nicht ganz billig.»

«Eine Hochzeitskutsche, sofort!», rief Basil!

Der Frühling fand, Basil habe genug gelitten und stellte sich hinter die sympathische Schalterbeamtin an Schalter sieben, hielt für alle andern die Welt einen oder zwei Wimpernschläge lang an und zündete sein rosarotes Feuerwerk.

Die kühle Schöne schmolz unter den von Basil folgenden Süssholzraspeleien rasch dahin. Nicht dass sie das zugegeben hätte. Das ist in unserer Gegend nicht Brauch, es wäre ein Zeichen von unziemlicher Frivolität. Aber Basil kannte die Spielregeln und reiste im Bummler weiter.

Die Reise führte über unzählige Zwischenstationen und nahm ganz manierlich und wie es sich gehört ihren Lauf. Als alle Weichen richtig gestellt waren und alle Signale auf Grün standen, landeten die zwei schliesslich behutsam im Hafen der Ehe.

Ob Basil sein Konzept aufbewahrt oder zerrissen hat, ist nicht bekannt. Sicher ist nur, dass wer eine Reise tun will, oft mehr erlebt als erwartet.

Geflügelte Worte

Der Mensch werde, so sagen Kenner, die es besser wissen müssen, von Leidenschaften gesteuert.

Gefährlich aber werde es, wenn sich mehrere Leidenschaften miteinander verbänden und sich sogar noch auf ähnliche Leidenschaften eines Partners ergänzend auswirkten. Es wird in derart heimtückischen Fällen auch dem psychologisch weniger erfahrenen Amateur klar, dass rasch aus träger Masse hochexplosiver Stoff entstehen kann, der sich beim geringsten Funken entzünden wird.

Im konkreten Fall unserer allgemein eher harmonischen Ehe kommt – nebst der mich anfangs etwas befremdenden Neigung zum Kaffeerahmdeckeli-Sammeln meiner sonst sehr geschätzten Gattin – eine grosse Liebe zu Gedrucktem in jeder Form und Farbe zusammen. Als gemeinsames Steckenpferd mag das ja durchaus erträglich erscheinen.

Schöne, gerade ausgerichtete Stapel von Neuerscheinungen im Bücherladen, glänzend und herrlich frisch gedruckt duftend, wirken auf uns beide so anregend, dass wir uns meistens mit vollen Tüten und ausgeplünderter Haushaltskasse am Ausgang der Buchhandlung wiederfinden. Oder diese unverschämt billigen Restposten, die mit dreimal rot gestrichenen Preisen locken! Bücher, die in die Hand zu nehmen uns nie in den Sinn kommen würde. Sie schlafen ihren Dornröschenschlaf in einer staubigen Ecke – niemand wollte sie, niemand will sie. Und doch, stelle ich mir vor, soviel Arbeit steckt dahinter, soviel Liebe, nehme ich an. Ich muss das arme Buch erlösen, wenigstens einem soll es besser gehen. Und dann diese herrlichen Bildbände und Lehrmittel! Wenn ich mich an die altmodischen Schulbücher erinnere, zerfleddert, von Generation zu Generation weitergegeben, mit denen man uns in der Schule versuchte, etwas vom Leben näher zu bringen. Dabei haben uns die Beine der Deutschlehrerin wesentlich mehr interessiert! Hier liegt es nun, das ganze Weltwissen, in düsteren Schulstunden verschlafen, bunt und griffbereit.

Flohmärkte voller zerlesener Bücher üben ebenfalls einen magischen Reiz aus. Diese Bücher haben einen Leser ein Leben lang begleitet. Wer alles hatte dieses Buch schon in der Hand? Mit welchen anderen Büchern zusammen ist es auf einem Regal gestanden, jährlich einmal liebevoll abgestaubt, wieder und wieder umgeordnet. War es ein Bestseller, millionenfach von eleganten Damen gelesen, die den charmanten Autor anhimmelten? War es ein dünnes Gedichtbändchen, von dem sich zwei Liebende umschlingen liessen? Oder ist es eine Gesamtausgabe, zehn, zwanzig Bücher, ein Schriftstellerleben zwischen Buchdeckel gepresst. Und warum wohl fehlt gerade der fünfte Band?

Jede Leidenschaft hat ihren Preis, Bücher beanspruchen ihren Raum, und wie ungeduldige Kinder fordern sie einen Platz in der ersten Reihe. Und wer würde es schon übers Herz bringen, einen Klassiker, immerhin, bitteschön, nach hinten in die dunkle Ecke zu stellen?

Zu dieser unzähmbaren Gier nach gedrucktem Papier gesellt sich aber in unserem Fall der wahrscheinlich noch von der Völkerwanderung herstammende Trieb, ständig umzuziehen oder, sesshafter geworden, der innere Zwang, alle paar Monate die Wohnungseinrichtung umzustellen. Hand in Hand stehen wir in solchen Momenten zitternd vor unseren Büchern und messen mit glänzenden Augen den Raum, es ist wieder einmal soweit.

«Du wirst nicht schon wieder...?», wage ich noch einzuwenden.

«Wenn wir», überstimmt mich die Frau, die mich seinerzeit ins Standesamt begleitet hat, «das Sofa dorthin stellen, dann könnten wir den Tisch dahin rücken.» Dabei schreitet sie mit Meterschritten quer durch die kleine Restfläche, zu der unsere gute Stube zusammengeschrumpft ist. Der Funke zündet, wie immer. Vor meinem geistigen Auge entsteht ein vollständig neues Zimmer, gross, leer, eine Bühne.

«Und die Bücher, was machen wir mit den Büchern?», werfe ich ein.

«Da wäre doch genau der richtige Moment, wieder einmal gründlich auszumisten, was meinst du?»

«Oh... würden wir doch ausschliesslich Kaffeerahmdeckeli sammeln!», rief ich – nur in Gedanken natürlich – aus. Klein, leicht, einfach zu transportieren, geordnet nach Katalog, ein Sinnbild von fleissigem Schaffen.

Als der üblicherweise Vernünftigere winke ich ab. Schon zu oft haben wir ergebnislos tonnenschwere Bücherstapel durchwühlt. Nach stundenlangem Graben und Sortieren hatten wir jeweils drei oder vier magere Büchlein aussortiert, welche die Sammlung verlassen sollten. Schlussendlich haben wir es dann doch nicht übers Herz gebracht, die armen, einsamen Bücher ins Altpapier zu geben.

«Schon zu oft, liebe Frau, haben wir es vorgehabt, und noch nie haben wir es geschafft, warum sollte es diesmal anders sein?»

«Diesmal ist es anders, ich spüre es. Diesmal werden wir nach meinem Plan vorgehen und keine Gnade kennen.»

Verlockend, einmal all die Büchermassen schrumpfen zu lassen auf ein paar wenige wichtige Bände, die zum Spiegel des Lebens würden? Wirklich verlockend, so müssen sich Kirchenstürmer fühlen, wenn sie Heiligenbilder vom Sockel reissen.

Wir entwickelten eine vollständig neue Strategie. Jeder würde die Bücher aussortieren, die er nicht mehr unbedingt behalten musste. Der andere würde aus diesem Stapel wiederum diejenigen zurückstellen, die er unbedingt behalten wollte. Flexibel, aufgeschlossen für neue Ideen, modern, wie wir halt eben sind. Und dann fort damit! Heute ist es günstig, heute ist Altpapiersammlung in unserer Strasse. So kommt niemand in die Versuchung, liquidierte Bände wieder in die Büchergestelle zurück zu schmuggeln. Genug der Worte gewechselt! Taten, sprecht! Es ging, ich muss es zugeben, flotter voran, als ich angenommen hatte. Die Gestelle leerten sich zusehends, ja es grenzte an eine Entsorgungseuphorie. Der Stapel mit der Ausschussware wuchs und wuchs. Fast lustvoll quälten wir uns, möglichst viele Bücher wegzugeben.

Dann war es soweit, wir setzten uns zusammen, um den Berg der Bücher durchzugehen, der bald einmal in sauber geschnürten Bündeln auf der Strasse stehen würde. Einige literarische Nebenkriegsschauplätze, meist unerwünschte Geschenke, gingen noch glatt durch. Obwohl mir einige Umschlagbilder gut gefielen und ein paar Namen lockten, blieb ich tapfer, die Bücher verschwanden aus unserem Leben.

Ich war allerdings schon etwas erstaunt, als ich eines meiner Lieblingsbücher entdeckte. Ich erlaubte mir zu fragen, was das denn solle?

«Erlaube mal», kam die Antwort geschossen, «dieser alte Schmöker, der frisst ja nur Staub und nimmt Platz weg!»

«Aber es ist eines meiner Lieblingsbücher!», rief ich verzweifelt.

«Alle sind deine Lieblingsbücher!», warf mir die Frau vor, für die mich das Schicksal auserwählt hatte. «Alle willst du immer behalten! Du musst loslassen können!»

«Schau, wie ich loslassen kann!» Ich griff mir wahllos ein Buch aus dem Stapel, sah mir noch rasch den Titel an, bevor ich es wegwerfen würde. «Dreizehn Wege, die Gattin loszuwerden», stand da geschrieben, «Gruselgeschichten für den Kenner». Verwirrt legte ich das Buch wieder zurück, man kann nie wissen. Die Frau an meiner Seite schrie triumphierend auf.

«Siehst du, siehst du!» Sie zog ihrerseits ein Buch aus dem staubigen Stapel.

«Was muss ich da sehen, ‚Späte Liebe unter Dattelpalmen‘, dieses herrliche Werk willst du wegwerfen?», keuchte sie. «Ich habe es dir geschenkt, damals als du krank warst.»

«Ja, ich habe es gelesen, aber ich mag keine Datteln.»

«Aber davon hast du nie nichts gesagt! Wenn du mich noch liebst, dann bleibt dieses Werk hier!»

«Wie du meinst», gab ich mich geschlagen, «aber dann bleibt dieses Buch auch hier!» Ich hob den schweren Band «Warum fliegen Flugzeuge?» hoch.

«So ein Quatsch», empörte sich die Frau meines Lebens! «Das hast du noch nie aufgemacht!» Sie nahm den Band und warf ihn kurzentschlossen durchs offene Fenster hinaus: «Jetzt weisst du wenigstens, warum Bücher fliegen!»

«Wenn schon die Flugzeuge abstürzen, dann fliegt die ganze Psychologie gleich hinterher!», erzürnte ich mich, und schwups flogen die drei Bände «Vom ersten Kuss bis zum Ehering, ein langer Weg in einem kurzen Leben» den Flugzeugen nach!

Nun war kein Halten mehr. Der Damm war gebrochen, die Bücherflut war nicht mehr zu bremsen. Längst schon war der Wegwerf-Stapel aufgebraucht, längst schon hatten wir uns dem harten Kern an Büchern zugewandt. Philosophen verliessen unser Haus fluchtartig durch das Fenster, ebenso unsanft landeten Meisterköche auf der Strasse unter unseren Fenstern; Autos, Liebespaare, die halbe Welt und fast zwei ganze Leben flogen in hohem Bogen auf die Strasse.

Als uns die Munition ausging, kühlten wir rasch ab. Wir lagen uns in den Armen – verschwitzt, verheult, verstaubt, die Büchergestelle ebenso leer wie die Köpfe. An den Wänden in den Regalen waren nur noch die Schatten der Bücher zu erkennen. Ein seltsames Gefühl der Beklommenheit ergriff uns, etwas war nicht so gut gelaufen, wir schienen ein Problem zu haben.

Nie würden wir ein einziges Buch hergeben, schworen wir uns, kein einziges.

Alle mussten wieder zurück ins Gestell, alle wären uns lieb. Wir griffen uns den Wäschekorb, eilten als Rettungskommando hinunter auf die Strasse.

Alles leer, alles war weg, kein einziges Buch lag mehr unter unserem Fenster. Weggeräumt. Wir schauten uns betroffen an. In der Ferne sahen wir den orangen Lastwagen der Papierabfuhr leuchten und in einer Abgaswolke verschwinden. Es war still auf der Strasse – unheimlich still.

«Heute ist nicht unser Tag», klagte meine Schicksalsgefährtin.

«Heute ist der Tag der Müllabfuhr», stimmte ich ihr zu.

«Unsere Bücher kommen wieder, ich glaube daran.»

«Bestenfalls reinkarniert, als Verpackungsschachtel für einen Fernsehapparat.»

Geschlagen stiegen wir in unsere ausgeplünderte Wohnung zurück, die Tablare leer und nutzlos. Doch halt, da lag noch ein Buch, ein Überlebender. Wir stürzten uns darauf: «Der Flug des Weisen, Band fünf!»

Und wir hatten es beide noch nicht gelesen!

Brot

«Es gibt nichts Schöneres als die Hände einer Frau im Mehl», singt der französische Sänger Claude Nougaro im Refrain eines seiner Chansons; «Il n'y a rien de plus beau, que les mains d'une femme dans la farine». Der schwere Holzkasten in der Küche meiner Grossmutter hatte eine Mehlschublade. Wenn die Grossmutter gut aufgelegt war, und das war sie fast immer, und wenn sie Backtag hatte, das war sehr oft, durfte ich mit dem offenen Mehl spielen. Ich musste mir die Hände waschen, dann konnte ich mit einem Löffel Figuren eindrücken oder einen Berg schaufeln. Bald aber zog es mich an den grossen, hohen Küchentisch. Der Teig war bereit, Naschen war mir bei der Grossmutter zu Hause erlaubt. Ich schaute den Frauen zu, wie sie mit kräftigen, schweren Schlägen den Züpfenteig auf den Tisch klopften. Kräftige Oberarme in geblümten, hoch gerollten Ärmeln. Mit dem Handrücken wischte die Mutter eine verschwitzte Haarsträhne aus dem Gesicht. In manchem Schlag steckte die Wut einer Enttäuschung. «Der ist für den Erwin, weil er immer den anderen Mädchen nachschaut», rief meine ältere Schwester mit rotem Kopf. Die Küche erzitterte, die Gläser im Schrank klirrten, die anderen Frauen lachten. Kein Mann hätte es gewagt, in die Küche zu schauen, einzig als Knirps war ich geduldet. Ich musste gefühlt haben, wie gemeinsames Wissen um Sinnlichkeit die Frauen verband. Ich wurde hinausgeschickt, zum Spielen.

Das rhythmische Klopfen war überall im Haus zu hören. Es mahnte den ganzen Haushalt: Morgen ist Sonntag, und wir hier in der Küche backen das Brot für den Feiertag der Woche. Wir geben das Leben weiter.

- - -

Es ist frühmorgens, die Strassen der Stadt strecken sich ein letztes Mal, bevor sie die Lasten eines neuen Tages hinnehmen müssen. Ich bin auf dem Weg zur Arbeit, es ist noch dunkel, nur aus der Bäckerei lässt warmes, gelbes Licht frisches Brot erahnen. Schon klingelt hinter mir die Tür, und die Verkäuferin eilt aus der Backstube in den Laden. Sie muss gut riechen, denke ich, und sie hat schöne Hände. Wir wissen beide, was kommt, und doch wiederholen wir jeden Morgen das kleine, freundliche Ritual um ein paar Brötchen. Warum, schiesst es mir durch den Kopf, sind Frauen, die Brot verkaufen, so sinnlich? Was verleiht ihnen diesen besonderen Glanz? Wir geben das Leben weiter, scheinen die sanften braunen Augen zu antworten, während ich ein paar Münzen hervor suche und die Tüte mit dem knusprigen Gebäck entgegennehme. Kaum aus dem Laden, beisse ich im Gehen in ein frisches, duftendes Brötchen. Die Strassenbahn rattert um die Ecke, sie wird mich an den Bahnhof bringen.

- - -

Die Sonne brennt heiss, bald muss Mittag sein – Zeit, essen zu gehen. Die uralte Ägypterin, mager, ausgetrocknet, umweht von weiten Röcken, kauert neben ihrem Lehmofen. Nur ihre dunklen Augen blitzen aus den schwarzen Tüchern. Der Backofen ist nach der Tradition ihrer Vorfahren gebaut. Keine Pyramide, kein prächtiger Tempel, aber Form und Zweck haben ebenfalls Jahrtausende überlebt. In einer zerbeulten Blechschüssel knetet die Alte mit braunen, langen Fingern weissen Teig zu Fladen. Ihre Augen leuchten, sinnlich, verführerisch, weiss sie, dass sie Leben weitergibt? Der Geruch nach frischem Brot vermischt sich mit beissendem Rauch. Mit Tränen in den Augen nehme ich das Brot entgegen – es kostet nichts, und ich weiss nicht, wie danken. Das original-typische Fladenbrot ist im Preis für die Mahlzeit inbegriffen. Hinter mir drängeln ein paar Engländer, sie lachen, spotten über die kümmerlichen Werkzeuge zur Brotherstellung. Ich gehe weiter, am Pool vorbei, zum Mittagsbuffet. Aus der Ferne sehe ich durch den Rauch, wie die dunkle

Bäckerin bereits dem nächsten Touristen ein Fladenbrot entgegen streckt.

- - -

Es ist Nacht, schon bald Morgen. Die Musik, die uns einen langen Abend durch unsere Träume hindurch gegeneinander zutrieb, ist längst verstummt. Die Lichter gingen eines um das andere aus, auf der grossen Wiese am See wurde es schwarz. Ein kalter Hauch zog dem Boden nach, es war frisch, man hätte sich einen Pullover gewünscht. Weit hinten auf der Strasse hupten ein paar Autos im Wegfahren, Scheinwerferbündel strichen über das Gras. Wir fassten uns an den Händen, und die Hände sagten, bitte, lass uns lange nicht auseinander gehen.

Am Boden lag ein weggeworfenes Brötchen, zertreten, schmutzig. Industriebrot, wahrscheinlich für einen Hamburger bestimmt. Blutrot verschmiert von Tomatensauce, halb in den Boden getreten. «Das sind dumme Leute, die Brot wegwerfen», lehrte uns seinerzeit die Mutter. Vorsichtig gingen wir um die Resten herum. «Dieses Leben wird niemand mehr nehmen wollen», dachte ich noch. Wir gingen in die kühle Nacht hinein, an den See.

- - -

Dann, Jahre später, wir sitzen vorne im Schiffchen, ein Glas in der Hand. Beim Ablegen sehen wir noch ein letztes Mal weiss das alte Kirchlein im grünen Hang. Grüne Weinflaschen warten auf weissem Leinen. Der Tisch ist lang und einladend, die Tischdecke knattert frech im Wind. Körbe voller Brot, stolze Züpfen, geknetet und geklopft, geformt und gebacken von wissenden Frauen, für dieses eine Fest. Wir stossen an, wünschen gutes Leben. Geplauder, Gelächter lässt man im Wind aufsteigen, freundlich lächelnde Drachen der Zuneigung schweben über unserem Boot.

Ich hänge meine Gedanken über das Geländer. Und endlich habe ich begriffen, dass wir hier Abendmahl feiern.

Bunte Osterhosen

Noch ist es recht kalt, aber sensible Menschen spüren es bereits: Der Frühling naht! Seinerzeit, als ich noch im Vollbesitz von Haar und Zahn war, bewegte mich in dieser Jahreszeit das zarte Locken des sanften Geschlechtes zu unüberlegten Spontanausgaben. Verlegen grinsend kaufte ich netten Blumenverkäuferinnen die teuersten Sträusse ab und übergab diese mit der Eleganz und Geschwindigkeit des Stafettenläufers an die jeweilige Angebetete.

Durch Heirat klug geworden, kann ich mir jetzt diese Ausgaben sparen, urplötzlich wurde das Taschengeld knapp, und zudem habe ich gelernt, dass jeder heimgebrachte Strauss nach schlechtem Gewissen aussieht und gegen einen verwendet werden kann. Kurz bevor die Zeit der bemalten Hühnereier anbricht, bemerke ich den unaufhaltsamen Frühling. Die Frau, der ich den Abwasch besorge und im Gegenzug dafür den Zahltag abgebe, mustert mich kritisch von Scheitel bis Sohle. Instinktiv ziehe ich den Bauch ein und mache eine gute Figur, jedenfalls so gut es geht. Diesen abwägenden Blick, dieses Massnehmen kenne ich. Zu spät bemerke ich die Stapel offen herumliegender Modekataloge. Ich will fliehen, doch jede Flucht ist aussichtslos.

«Schatz, du hast nichts anzuziehen!» lautet das bittere Urteil.

«In dieser Hose gehst du mir nicht mehr aus dem Haus!»

«Gut, dann rufe ich im Geschäft an und bleibe ab morgen den ganzen Tag im Schlafanzug!» Aber das denke ich natürlich nur leise vor mich hin, antworten tue ich: «Meinst du, die ist doch noch ganz passabel?»

«Kommt nicht in Frage, ist überhaupt kein Thema!» Jeder Widerstand wäre zwecklos, ich weiss, es gibt keine Gnade.

«Morgen, nach der Arbeit, um genau 17 Uhr und 30 Minuten Ecke Bahnhofplatz/Marktgasse treffen wir uns!»

Übrigens: Ich mag keine Kleider kaufen, und vor allem hasse ich es, Hosen anzuprobieren.

Anderntags segle ich im Windschatten der Frau Gemahlin in die Herrenabteilung des ebenso edlen wie sündhaft teuren Etablissements. Der Kundschaft wird erlaubt, gegen gewöhnliches Geld edle Textilien erwerben zu dürfen. Würdevoll nimmt die Herrin meiner weltlichen Güter die Huldigung des Herzogs zur Hosenabteilung entgegen. Verstohlen schaue ich mich derweil um. Nimmt mich wunder, welcher Verkäufer dieses Jahr zum Wahnsinn getrieben werden soll. Dabei entdecke ich mein Spiegelbild und erschrecke gehörig: Die treue, alte Hose ist wirklich etwas schäbig geworden, und an der Jacke fehlt ein Knopf. Die Schuhe wirken ungeputzt und quietschen auf dem Parkett, das Hemd ist zerknüllt und neigt dazu, aus der Hose zu rutschen. Das picobello herausgeputzte Verkaufspersonal steht im Rudel um die Kasse und taxiert mich. Danach stolzieren sie gelangweilt grinsend zurück zu ihren schweren Aufgaben. Doch halt, Hochwürden hüstelt diskret, einer der stolzen Hirsche kehrt zögernd zurück, gewährt uns die Gunst seiner Gegenwart. Während er ein Fuselchen auf seinem Jackenärmel wegwischt, deutet er ein fragendes Lächeln an.

Hastig reden wir beide zugleich: «Wir brauchen ein Paar Hosen, diskrete klassische, am liebsten dunkelblau!», will ich sagen. Aber wie immer, ich komme nicht durch! Die Königin meiner Kleiderbügel will partout etwas in dem neuen schicken Muster haben, das jetzt jeder einmalige Mann unbedingt tragen muss. Der Verkäufer harrt in stummem Adel. Er zieht wortlos ein Massband aus seiner Jackentasche und schaut mich auffordernd an. Ich öffne die Jacke, und geschickt misst der Kenner aller Grössen meinen Äquator.

«Nicht einziehen bitte, gerade stehen!», ermuntert mich der Flinke säuselnd. Die Kleidergrösse, die eigentlich unter Datenschutz stünde, wird lautstark und vorwurfsvoll hinaus trompetet. Selbst die Ausstellungspuppen scheinen diskret den Kopf zu schütteln!

«Bitte entschuldigen Sie, Madame», spricht der Lakai herablassend zu meiner Frau, «aber in diesen ungewöhnlichen Grössen haben wir dieses Modell leider im Moment nicht vorrätig!» Die Frau, die meine Hosentaschen besser kennt als ihre eigene Handtasche, reisst weitere bunt schillernde Beinkleider aus den Ständern. Doch der Verkäufer schüttelt nur gelangweilt den Kopf, nein, nein, diese Hose gibt es nicht. Das Spiel wiederholt sich einige Male, bis die entnervte Inhaberin der ehelichen Gewalt den Lackierten anfährt: «Was haben Sie denn eigentlich überhaupt an Lager? Sollten wir irrtümlich in die Kinderabteilung geraten sein?» Diese Frage, in einer Lautstärke hervorgebracht, dass die Spiegel erschrocken zu klirren beginnen, lässt den Compte de la Cravatte wieder herbei gleiten. «Madame wünschen etwas Spezielles?» Die Bewacherin meiner Schränke und Truhen sendet einen dieser Blicke aus, die üblicherweise einem weniger robusten Gemüt lebenslange Albträume bescheren. Ungnädig wird der bisherige Verkäufer weggewinkt, wahrscheinlich wird er im Lagerkeller in Lumpen gehüllt und bei Wasser und Brot eingekerkert.

«Ich hätte gern Hosen Grösse...», versuche ich, die schleifenden Zügel wieder beim Schopfe zu packen.

«Du bist still, wir Frauen verstehen etwas von Kleidern!»

«Na erlaube, ich zieh mir jeden Tag selbst welche an», wage ich aufzumucken. Der Hohepriester des Geheimordens der silbernen Anstecknadel und die Frau, die für mich Hosen kauft, lächeln mitleidig über den armen Textilheiden, den es zu bekehren gilt. Dann werden die Leviten gelesen: Wolle, Schurwolle, Kunstfaser, Naturfutter halb lang, Tweed oder Nadel, das ist hier die Frage!

«Hosen, einfach Hosen, dunkelblau, schlicht!», stöhne ich gepeinigt. Zur Strafe werde ich gleich mit zehn Paar überhäuft:

«Los, los, geh die Dinger mal anprobieren!»

Die Umkleidekabine ist eng und heiss. Kaum stehe ich in Unterhosen da, reisst der Anbeter der scharfen Bügelfalte den Vorhang zurück. «Ah, pardon, Monsieur sind noch nicht so weit?» Ein eisiger Blick ergänzt die kühle Strenge in der Stimme. Wahrscheinlich wird vermutet, dass ich drei Paar Hosen aneinander knüpfe und der Fassade entlang auf die Strasse fliehen wolle. Der Vorhang wird sicherheitshalber nur bis zur Hälfte zugezogen.

Hose um Hose dieselbe Prozedur: anziehen, hinaustreten ins Rampenlicht, ablehnendes Kopfschütteln, zurück in die Kabine, ausziehen, anziehen. Aber keines meiner Gewänder findet Gnade vor der strengen Jury. Als ich erst so richtig in Schwung komme, folgt schon die letzte Hose!

Ich hüpfe gerade auf einem Bein hin und her, versuche, meinen Fuss aus dem Hosenfutter zu befreien. Da wird der Vorhang ein zweites Mal aufgerissen! Oh meine Gattin, sieh, was sie mit deinem geliebten Mann machen: In eine enge Box gezwängt muss er gegen böse Hosen kämpfen! Rette mich, tröste mich!

«Machst du noch lange den Kasper, hier drinnen?»

«Nein, ich komme schon», auf unsicheren Schritten schlittere ich in Strümpfen über das aalglatte Parkett. Der Bund passt, nur sind jetzt die Beine viel zu lang. Der Pharao beider unteren Socken verfällt in rituelle Zuckungen! Er klatscht hurtig seine Gehilfen herbei: «Nein, wie die sitzt? Ein Traum, Madame haben hervorragend gewählt!»

«Aber», versuche ich einzuwenden, «darin sehe ich aus wie ein Papagei, damit kann ich unmöglich zur Arbeit!» Doch bereits beachtet mich keiner mehr. Das tapfere Schneiderlein wird herbei befohlen, kommt angetänzelt.

Der Grossbestecker des Nadelkissens, mit einer ewig rutschenden Brille auf der Nase, kniet ergeben nieder vor Ehrfurcht und Kundschaft. Erneut werde ich nach Strich und Faden vermessen, auch an Nähten, wo es meiner Meinung nach nichts zu messen gibt.

«Stimmt's im Schritt?», werde ich in einem heiklen Moment von der Brille von unten her gefragt. Ich lächle peinlich berührt. Obwohl diese Hose wahrscheinlich erst nach einer Geschlechtsumwandlung den angepriesenen Tragkomfort entfalten wird, nicke ich gequält. Ich ahne es bereits jetzt: Die Dinger werden bestimmt jucken!

Ein letztes Mal im Kabäuschen begrüsse ich meine alte, ausgeleierte Hose wie einen guten Freund, jede Falte ist Heimat. Ich stelle mich so, dass ich mich nicht im Spiegel sehen muss. Ruhe. Solche Momente sollten ewig dauern. Ich beobachte durch einen schmalen Spalt im Vorhang den Verhandlungen an der Kasse zu. Als energisch in meine Richtung geschaut wird, trete ich aus der Sicherheit meiner Kabine. Die Gattin steht hypnotisiert neben der Verkaufstheke, sie hat auf Anraten des führenden Kunstsachverständigen noch ein paar ergänzende Kleinigkeiten zusammengetragen.

Lüstern schiebt sich der Kassier die Ärmel hoch und tippt mit spitzem Zeigefinger die Beträge in die grosse rumpelnde Kasse. Er wartet geniesserisch ein paar Sekunden, bevor er die Totalisierungstaste drückt. Das Zählwerk rattert lange, dann schnellt eine Zahl empor. Es ist totenstill. Als ich den geschuldeten Betrag ungläubig näher betrachte, trifft mich der Schlag. Ich sinke zu Boden.

Die letzten Worte, die ich noch vernehme, als sich alle über mich beugen, stammen vom Lord of Blazer persönlich: «In der Lingerieabteilung führen wir zauberhafte Leichenhemden, Madame, genau in Monsieurs Grösse.»

Reizender Advent

Zu allgemein grosser Überraschung habe ich den österlichen Hosenkauf recht gut überlebt. Nach meiner Genesung, etwa einen Monat nach jenem niederschmetternden Einkauf, schwor ich heilige Eide vor dem Garderobespiegel, nie, aber nun wirklich überhaupt nie und nimmer mehr einen Fuss in ein Kleidergeschäft zu setzen. Und wenn ich aus alten Kartoffelsäcken meine Kleider selbst schneidern müsste! Meine Virtuosin auf silbernen und güldenen Kreditkarten nickte mit wissender Miene und war für einmal mit mir einer Meinung, dass auch sie nie mehr, nie und nimmer mehr mich in einen ebensolchen Laden mitnehmen würde, worauf ich Gift nehmen könne. Ein Gefallen, den zu tun ich mir noch überlegen würde, versuchte ich das letzte Wort zu behalten.

Die Zeit zieht vorbei, es floss viel Wasser die Aare hinunter, wie man hier zu sagen pflegt. Der Alltag führt uns durch das Biotop unseres Lebens, und die Wachsamkeit ermüdet allmählich. Eines harmlosen Samstages wurde ich auf hinterlistige Art in ein Kaufhaus gelockt. Es geschah am Nachmittag, beschwingt flanierten wir durch die vorweihnächtliche Kälte. Nein, versicherte mir die Schneeflocke, die an meiner Seite schwebte, dieses Jahr würde alles anders sein, wir gäben uns nicht dem Kommerz hin, wir nicht! Wir würden weise über allen weltlichen Gelüsten stehen und Konsumhungrige nur mit dem milden Schein eines barmherzigen Lächelns erwärmen. Selbstverständlich glaubte ich kein Wort, nahm aber sicherheitshalber meine Zunge an die Kette.

Nur eben kurz ins Warenhaus musste die enthaltsame Entsorgerin erarbeiteten Erlöses, in den dritten Stock, nur rasch zum Kundendienst eine Kleinigkeit abholen, und ruck, zuck wieder hinaus in die Winterlandschaft. «Du kannst, mein allerliebster Schatz, auch draussen warten, es dauert wirklich nicht lange», flötete süss die Entrümplerin aller Konten. Ich lächelte ebenso zuckersüss meinen Weihnachtsengel mit den blauen Kulleraugen an: «Lieber Schatz, ich werde nicht von deiner Seite weichen, solange du meine Kreditkarte trägst, in der Kirche habe ich es gelobt. Ich komme mit, ich werde dich beschützen vor jedem, der etwas will von dir!» Also traten wir gemeinsam durch das mächtige Portal in den Tempel zum barmherzigen Kaufmann, hinein in das käufliche Paradies.

Es war heiss, und verwirrend viele Leute turnten an vollgepackten Warengestellen vorbei, kreuz und quer durch den Laden. Das Verkaufspersonal hatte ein Dauerlächeln aufgesetzt. Ab einem Endlosband erschallten Weihnachtslieder aus Lautsprechern, unterbrochen von dröhnenden Gongschlägen und gefolgt von Durchhalteparolen der Geschäftsleitung. Die Rolltreppe war bereits in Sicht, und gazellengleich tänzelte meine Hälfte, die weit herum als die bessere anerkannt wird, durch das bunte Treiben. Kein Wunder, hatte sie mir doch unter dem Vorwand, sich die Nase schnäuzen zu müssen, alle Einkaufstüten angehängt. Ich versuchte verzweifelt Schritt zu halten; vergebens, der Vorsprung war nicht mehr aufzuholen. Ein paar Meter vor mir rollte die wackere Lebensgefährtin, die selbstlos mein Weihnachtsgeld mit mir teilt, siegesfroh himmelwärts. Sie winkte mir strahlend und im Vollbesitz aller unserer finanziellen Mittel zu. Doch mit Einkaufstüten in beiden Händen, eingepfercht auf einer vollbesetzten Rolltreppe, konnte ich mich nicht so recht entfalten. Schulterzuckend sprang sie bereits in der ersten Etage von der Rolltreppe. «Halt, mein Schatz, der Kundendienst ist doch im dritten Stock», versuchte ich zu retten, was noch zu retten war. Doch meine Stimme ging unter im jubilierenden Chorgesang aus dem Lautsprecher. Endlich begriff auch ich, dass ich in eine Falle getappt war. Oben an der Rolltreppe blieb ich stehen, mein Goldengelchen war bereits entschwebt. Rundherum sah ich Kundinnen, welche Kleiderstapel auseinander rissen, und Verkäuferinnen, welche im gleichen Takt die Kleidungstücke mechanisch wieder ordentlich zusammenfalteten. Von hinten unsanft angerempelt, trat ich zur Seite. Ich stand in der Damenabteilung. Um Himmels willen, dachte ich. «Hosianna, Hosianna», überschlug sich der Kaufhaus-Chor.

Schlafraubend hergerichtete Schaufensterpuppen in verführerischen Roben bewachten wie Erzengel das Tor zum stofflichen Paradies weiblicher Schönheit, schauten strafend hinunter auf jeden fremden Eindringling. Ich gebe es zu, Flucht war mein erster Gedanke! Hinaus! Männer und Kinder zuerst! Doch die Kaufhausarchitekten haben mit abtrünnigen Schäfchen gerechnet und raffiniert in die Trickkiste gegriffen: Die Rolltreppe zum rettenden Ausgang ist meilenweit entfernt. Auf verwirrend verschlungen angelegten Pfaden wird die zu bekehrende Kundschaft durch ein Labyrinth geführt, bis sie, beladen mit schier unbezahlbaren Gütern, vor dem Minotaurus an der Hauptkasse steht, welcher den Ausgang bewacht. Bezahlen Sie bar oder mit dem Leben?

Nein, ich darf die Rotfärberin der Kontensalden nicht zu lange alleine lassen. Nur mit Kreditkarten bewaffnet ist sie den durchtrainierten Verkaufsprofis machtlos ausgeliefert! Zu allem entschlossen nahm ich mutig den gefährlichen Weg in Angriff, um die hilflose Hüterin des Haushaltgeldes aus den Fängen der habgierigen Händler zu befreien und zudem auch, um unsere Kreditkarten vor der endgültigen Erschöpfung zu retten.

Mit laut schlagendem Herzen schritt ich über weiche Teppiche durch das Reich aller Sinne, welche die Frauen noch schöner scheinen lassen. Von grellem Licht angestrahlt, säumten Schaufensterpuppen meinen Weg und warfen mir Blicke zu, die mich verlegen und meinen Hals trocken werden liessen. In reizende Fähnchen gehüllt, schienen sie nur darauf zu warten, den heldengleichen Odysseus mit Sirenengesängen zu umgarnen. Aber Odysseus war an zwei bleischwere Einkaufstaschen gebunden und seine Ohren verdeckte eine Wintermütze, unter der es zunehmend heisser wurde. Priesterinnen sinnlicher weiblicher Umhüllungen liessen dieses oder jenes edle Gewand in Zeitlupe durch die Luft schweben, hielten es vor berauscht strahlende Hausfrauen in derben Schuhen. Sie drehten und wendeten sich vor übermenschlichen Spiegeln, liessen kühn eine Hüfte kreisen, gewagt Bein aufblitzen. Weit und breit kein Lebenszeichen von der Gefährtin, die mir einst vor Zeugen versprach, alle Wege gemeinsam zu gehen. Wahrscheinlich wird sie in einer Umkleidekabine gefangen gehalten, vermutete ich, und wird in viel zu enge Gewänder gezwungen! Halbgöttinnen des Verkaufes würden ihr zu verstehen geben, dass sie ewige Jugend, Schönheit und Liebe nur erwarten dürfe, wenn sie sich in schlecht sitzende, dafür aber umwerfend teure Stoffe hülle.

Ich blieb vor den Umkleidekabinen stehen. Soeben betrat eine zu allem entschlossene Kundin in ihren besten Jahrzehnten eine Kabine. Der empörte Blick traf mich im Innersten, mit lautem Scheppern wurde der Vorhang zugerissen. Hinter mir wurde getuschelt, Herrenbesuche unerwünscht, nahm ich an. So unauffällig wie möglich schob ich mich weiter, hinein in die Welt, die Kleider bedeutet.

Die Schaufensterpuppen, die meinen Weg säumten, waren immer spärlicher bekleidet, aber durchaus reizvoll. Ohne zu bemerken wie, hatte ich die Unterwelt der Damenwäsche betreten. Frau, wohin noch führt meine Liebe zu dir und zu unseren Kreditkarten? Bereits hoben sich unmutige Köpfe, schauten fragend in meine Richtung.

Rette mich! Erscheine und gib zu verstehen, dass dieses dick eingepackte, schwitzende Wesen mit rotem Kopf und schweren Einkaufstaschen dein Traummann ist und zu dir gehört. Führe mich dann hinaus, hinaus ins Freie, in die Freiheit. Doch mein Flehen blieb einmal mehr unerhört und die Lage heikel. Verlegen betrachtete ich die ausgestellten luftigen Fabrikate, welche

Halt und Unterstützung versprachen. Jede meiner Bewegungen wurde von den strafenden Blicken aufgebrachter textiler Fanatikerinnen verfolgt. Ich fühlte mich wie ein Lastwagen auf der Tanzfläche. Ich sah mich in einem der unendlichen Spiegel: Im gleissenden Scheinwerferlicht, in Wintermantel und beladen mit Einkaufstüten, die immer schwerer wurden, stand ich verloren inmitten all der zarten Fabrikate weiblicher Verführungskunst. Ich schaute mich um, sah aber nur abweisende Gesichter, einzig die Schaufensterpuppen lächelten mir verführerisch zu. Eine Verkäuferin eilte herbei, Botin allseitiger Entrüstung. Ich grinste verlegen. «Kann ich Ihnen helfen?», fragte mich die junge Dame in sorgfältig dosierter Höflichkeit, mit einem zurückhaltend freundlichen Lächeln und jenem unüberhörbar vorwurfsvollen Unterton, der Männer hilflos werden lässt. «Ich suche», stammelte ich, «ich suche eine Frau!» Die strenge Schöne riss entsetzt die Augen auf, zischte verächtlich: «Was Sie nicht sagen!» - «Ich weiss, es tönt seltsam», versuchte ich die Situation zu retten, «aber als ich sah, dass sie in die Damenabteilung verschwand, wollte ich sie holen!» Im Gesicht der Verkäuferin las ich Unverständnis. «Mein Herr, Sie befinden sich in der Damenwäscheabteilung», der Ton war gereizt, «wir sind ein seriöses Haus, Sie stören hier!» - «Bitte verstehen Sie mich nicht falsch», konnte ich nicht nachgeben, «ich suche eine kleine, energische Frau mit blauen Augen, etwa in Ihrem Alter!» Die Verkäuferin wich behutsam zurück. «Vorhin hat er sich bei den Umkleidekabinen herumgedrückt, nicht einmal hier wird man in Ruhe gelassen!», zeterte es im Hintergrund. Frau hatte den Sicherheitsdienst gerufen, zwei bärengleiche Kerle in Uniform und in Kampfstiefeln stampften durch die Abteilung, dass die Spiegel klirrten. «Es ist ein Irrtum!», appellierte ich verzweifelt an meine Geschlechtsgenossen. Sie nahmen mich kommentarlos in die Mitte: «Dürfen wir Sie hinausbegleiten?» - «Nichts lieber als das!», schrie ich, «nie mehr werde ich einen Fuss hier herein setzen!» Vor dem Kaufhaus, an der frischen Luft, unter den strafenden Blicken tausender Passanten, tippte mich der eine an: «Mach bloss, dass wir dich hier nie mehr erwischen!»

Endlich, genau in diesem Moment, aber leider einen einzigen Moment zu spät, schwebte ein holder Weihnachtsengel, reich behangen mit Päckchen und Paketen, neben mich. Fröhlich trillerte die engelsgleiche Veredlerin meines Alltages: «Schau, was ich alles Schönes gefunden habe! Waren das zwei Kollegen von Dir? Ich war überzeugt, dass du dich irgendwo amüsieren würdest!» Ich aber blieb sprachlos und behielt das letzte Wort für mich.

Maltadrive

«Man muss reden miteinander», pflegte Grossmutter zu sagen, wenn der Grossvater mürrisch und schweigsam seine Lieben durch den Sonntagsstau kutschieren musste. Er wusste nur zu gut, wo Schweigen einer höheren Lebenserwartung zuträglicher ist als hemmungsloses Kommunizieren. Und Sie, glauben Sie noch an das Gute im Auto? Dann steigen Sie ein, die Fahrt geht gleich los!

Seit der Verbreitung mindestens zweiplätziger Verkehrsmittel geht ein schwerer Zwiespalt durch die automobile Bevölkerung: Sitzplatzabhängig gibt es Lenker und Besserwisser. Werden unterwegs die Plätze getauscht, so werden auch die Rollen gewechselt: Aus dem ehemaligen Lenker wird spätestens nach der zweiten Ampel ein resoluter Kritiker, der neue Steuermann hingegen verliert ob der nörglerischen Kommentare seines Beifahrers die Nerven, die guten Manieren und danach möglicherweise die Beherrschung über sich und sein Fahrzeug. Besonders beliebt ist das automobile Gesellschaftsspiel im Kreis lieber Angehöriger. Genüsslich werden alle Feinheiten der Kommunikation unter Familienmitgliedern zelebriert, bis sich die Wagenscheiben beschlagen und die Familienbande sich gegenseitig verspricht, alle Testamente neu abzufassen, sollte man dem Fahrzeug je lebendigen Fusses wieder entsteigen. Die solideste Familienkarosse wird schon bei einer harmlosen Ausfahrt zum energiegeladenen Streitwagen.

Auch unser von Aussenstehenden als ruhig eingeschätzter Flug durch die unendlichen Galaxien ehelichen Alltags bildet keine Ausnahme: Gib zwei erwachsenen Menschen ein Steuerrad in die Finger, und sie liegen sich bei der nächsten Abzweigung in den Haaren! Dies muss übrigens einer der wesentlichen Gründe sein, weshalb Fluglinien keine pilotierenden Ehepaare zulassen. Wir zwei Turteltauben unterwegs sassen zwar nebeneinander im Flugzeug, aber glücklicherweise nicht im Cockpit, sondern unterwegs in die Ferien. «Dieser Urlaub wird Ihnen beiden bestimmt gut tun», versicherte mir die freundliche Reiseberaterin mit einem leisen Beben in der Stimme. Meine spontan permanent abwechslungsfreudige Virtuosin auf allen Reisekatalogen hatte unzählige Male die getroffenen Arrangements umgestellt und blätterte erneut unternehmungslustig in weiteren Reiseprospekten. Die zuletzt etwas bleich wirkende Reisebürodame schob uns entschlossen durch die Tür. Sie konnte es wahrscheinlich kaum erwarten, uns im Flugzeug nach Malta und ausser Landes zu wissen.

«In Europa fährt man auf der rechten Strassenseite, in England fährt man links, und auf Malta fährt man am besten im Schatten», erklärte uns der behäbige, südländische Fahrzeugvermieter, als er uns vor dem Hotel die Autoschlüssel übergab. Der Garagist schritt noch einmal liebevoll um sein Wägelchen herum, strich mit der flachen Hand sanft über die Kühlerhaube. Dann überliess er uns seufzend sein Vehikel.

Beim Autofahren lese grundsätzlich ich die Strassenkarte, und die Steuerfrau meines Lebens und aller sechs Räder lenkt unser Geschick. Nicht immer genau dort durch, wo die Strassenkarte es empfiehlt und wo wir eigentlich gerne hin möchten, aber schliesslich braucht jeder Mensch seine kleinen Freiheiten. Wie alle weiblichen Wesen ist die Treterin der Gas- und Brems- und Kupplungspedale nahezu fehlerfrei. Bis auf einen ganz kleinen Makel: Die flotte Fahrzeugbeschleunigerin hat, im geografischen Sinne, Mühe, links von rechts zu unterscheiden. Richtungsänderungswünsche meinerseits werden daher eher intuitiv interpretiert. Unter uns gesagt, bin ich immer von neuem angenehm überrascht, wenn wir rechtzeitig vor dem Abendessen den Weg zurück ins Hotel finden.

Erschwerend kam diesmal dazu, dass auf Malta meistens links gefahren wird. «Ganz einfach, Madame», hatte unser Autovermieter geraten, «fahren Sie links, immer ganz links fahren.» Madame nickte andächtig und klimperte ungeduldig mit den Autoschlüsseln.

«Also, Madame, einsteigen bitte!» Ich gurtete mich sorgfältig auf dem Beifahrersitz an. Ein kurzer Blick in die Strassenkarte von Malta. Eine prächtige Insel, schon Odysseus soll sich hier bei Calypso die Zeit aufs Angenehmste vertrieben haben.

Die lebensfrohe Heldin zahlreicher Fahrten ins Grüne sah mich aus meerblauen Augen unternehmungslustig an: Ich gab Befehl, den Anker zu lichten, liess alle Segel setzen, und schon glitt das Schiff unserer gemeinsamen Ferientage hinaus aus dem geschützten Hafen des Hotelparkplatzes auf die staubige Landstrasse.

Malta bezaubert mit zahlreichen Schönheiten, hat aber auch seine Tücken. Die Strassen sind schmal und holperig, die Dörfer eng. «Immer schön links halten!», half ich mit, den richtigen Weg einzuschlagen. «Red mir nur nicht dauernd drein, ich weiss schon, wie's geht» sprach die Walterin und Schalterin über fünf Vorwärts- und einen Rückwärtsgang. Dabei kratzte ein Kotflügel an den Büschen am rechten Strassenrand. «Ohne mich erneut direkt negativ einmischen zu wollen, mein lieber Schatz, aber links ist heute morgen auf der anderen Strassenseite!» Ein vernichtender Blick verfehlte mich nur knapp. Aber ein korrekt entgegen brausender Linienbus unterstrich meine kühne Behauptung. Soeben noch Auge in Auge mit der Stossstange des öffentlichen Verkehrs, zog ich jetzt die Luft keuchend ein. Eine Mauer auf meiner Seite raste bedrohlich schnell auf mich zu. «Bremsen! Bremsen!» Instinktiv suchte ich mit beiden Füssen ein Bremspedal. Das wütende Hupen des Busfahrers hörte ich schon nicht mehr. Aus den Augenwinkeln schaute ich fragend hinüber zur Virtuosin auf allen Instrumenten und Hebeln. Ein Achselzucken war die einzige Reaktion.

«An der nächsten Kreuzung müssen wir rechts einbiegen. Schön die Kurve ausfahren und dann nach rechts, auf diese Seite», riet ich und bediente mich der Gebärdensprache. «Ich bin ja nicht völlig doof, führ dich doch nicht auf wie ein Hampelmann!» Wir schwiegen beide gereizt, als die zu allem entschlossene Lenkerin unseres stolzen Gefährts die nächste Kreuzung bolzgeradeaus durchfuhr. «Ist doch viel netter, hier durch!», fand die Frau, die näher zu beschreiben mir im Moment der Sprachschatz an gesitteten Ausdrücken fehlte. «Schau nur, die wunderschönen Blumen!» - «Ich meinte aber rechts, wir müssten nach rechts abbiegen, um zur Fähre zu kommen!» - «Also, gut, sei doch nicht so unflexibel!», giftete die Frau, der ich einst schwor, alle Wege gemeinsam zu gehen. Entschlossen riss sie das Steuer nach links, bog in ein Strässchen ein, sauste in rascher Folge um ein paar Hausecken und dann mit Volldampf voraus. Aufgescheuchte Hühner flatterten über die Motorhaube, Hunde kniffen jaulend den Schwanz ein, Passanten sprangen entsetzt im letzten Moment zur Seite. Ich schloss die Augen und wartete darauf, dass mein Leben wie ein Film an mir vorbeiziehen würde. Ein jäher Stopp riss mich aus meinen Abschiedsträumen. Wir standen vor einem Einbahnschild. «So, Mister Neunmalklug, und jetzt, wo durch?» Die Sonne brannte auf unser Wägelchen, es wurde heiss und ungemütlich.

Ich suchte verzweifelt auf meiner Inselkarte unser winziges Nebensträsschen und wartete auf ein Wunder, das uns aus dem Gewirr der engen Gässchen wieder zurück auf die Hauptstrasse führen würde. Ungeduldig geworden riss die zu allem entschlossene Entdeckungsreisende die Karte an sich: «Zeig her, wo sind wir?» - «Im Auto», versuchte ich, ein Gespräch aufzubauen. Die Dorfjugend scharte sich um unser Gefährt und lauschte entzückt den fremdländischen Lauten, die aus dem Mietwagen schallten. Den Tonfall kannten sie wohl von ihren Auto fahrenden Eltern.

«Wir müssen hier durch», bestimmte meine Finderin von Pfaden und Leserin von Fährten und tippte mit dem Zeigefinger entschlossen auf einen Punkt auf der Nachbarinsel. Bevor ich auch nur «aber» denken konnte, knallte das Getriebe, heulte der Rückwärtsgang auf, die Bremsen quietschten, erster Gang und Vollgas voraus.

«Fahren wir links, wir können auch rechts durch», riet ich der Frau, die sich in der Galaxis besser auskennt als auf unserem Planeten. Was spielt es schon für eine Rolle, welchen Weg wir wählen? «Wahrscheinlich hatte auch Christoph Kolumbus Amerika nur entdeckt, weil er rechts und links verwechselte.»

Doch tiefschürfende Betrachtungen finden nur selten ein Publikum, meine Bomberpilotin im Tiefflug schien nichts mehr zu hören, scheuchte mit einer knappen Handbewegung die Dorfjugend aus dem Weg und raste auf zwei Rädern links um die Kurve. «Hoppla», kommentierte sie, als ich mir nach einem Sprung in ein Schlagloch den Kopf an das Wagendach donnerte. «Du fährst zu weit links!», versuchte ich, mein Leben künstlich zu verlängern. «Der Vermieter hat ausdrücklich gesagt, ich müsse links fahren.» - «Ja, schon, aber bitte nicht gleich auf dem Acker!»

Weiter ging die Höllenfahrt, über Stock und über Stein. Ich sah die friedliche Insel mit ganz anderen, weit aufgerissenen Augen. «Bitte, nicht soweit links!» - «Ich fahre gar nicht links, ich fahre schön in der Mitte. Red mir nicht immer drein.»

Wer sagt, im Auto vermisse er den Kontakt mit der einheimischen Bevölkerung, der täuscht sich: Selten sah ich so zahlreiche Inselbewohner, die hinter uns her winkten, und schwankende Velofahrer, die wütend die Faust hinter uns her schüttelten, sobald sie ihr Vehikel wieder im Griff hatten. Wir gingen auf Tuchfühlung mit allen und jedem, den sein Schicksal auf die falsche Strassenseite gespült hatte. Die Frau, welche jeden Motor auf Touren bringt, verstellte den Rückspiegel, wahrscheinlich konnte sie den Elenden nicht mehr zusehen.

Erst jetzt fielen mir die vielen Kirchen auf, und wie zahlreich Kreuze und Heiligenbilder die Häuser an der Strasse schmückten. «War sie eigentlich bereits früher einmal auf Malta?», dachte ich nur.

«Achtung, der Lastwagen», warnte ich. «Die Strasse ist zu eng! Geh links ran.» Die Sternguckerin murmelte etwas von Brille unten in der Handtasche auf dem Rücksitz. Zu allem entschlossen steuerte die Beherrscherin des Fahrzeuges samt zweier Stossstangen an die Hausmauer auf meiner Seite. Ich sah den brüchigen Verputz in Nahaufnahme. Ich sah die Ameisen darauf, die um ihr Leben kletterten. Erst als der Rückspiegel sich nach hinten bog und mit einem hässlichen Geräusch der Mauer entlang kratzte, stoppte endlich das Fahrzeug.

Die Königin der Landstrasse schaute mich einem jener vernichtenden Blicke an, welche selbst stärkere Männer nur zwei, höchsten dreimal im Leben ertragen. «Was willst du eigentlich? Zuerst schimpfst Du, ich fahre zu weit links, und jetzt ist es wieder nicht recht und du willst, dass ich weniger weit rechts fahre! Männer! Sag endlich, was du willst!»

Der Lastwagen donnerte wütend hupend an uns vorbei, unser Wägelchen schwankte und verschwand in einer Wolke von Staub und Abgasen. Dann war es wieder still, und ich hörte die Vögel jubilieren und sah den maltesischen Frühling in einem neuen, milden Licht. Jetzt, wo ich wahrlich etwas zu sagen gehabt hätte, war ich sprachlos. Aussteigen konnte ich nicht, die Wagentüre liess sich nicht öffnen, zudem war ich angegurtet. Ich deutete nach vorne und stammelte: «Geradeaus, bitte fahr geradeaus, nur geradeaus, bis ans Meer!»

Der rote Läufer

Es ist schon früh dunkel geworden heute. Ich bin vom Abendessen zurückgekommen. Wie jeden Abend ziehe ich die Vorhänge zu. Ich setze mich in meinen Lieblingssessel, lege mir meine Reisedecke über die Beine. Die Zentralheizung wird abends bereits früh abgestellt. Aus Spargründen, wie die Verwaltung uns wissen liess. Es wird zwar nicht richtig kalt, aber warm ist es auch nicht mehr. Ich friere rasch, habe oft kalte Füsse. Im Winter sehne ich mich nach warmen Ländern. Einmal waren Geri und ich am Meer, in Italien. Es war herrlich, wir haben den ganzen Tag im Liegestuhl gefaulenzt. Ich habe die Füsse in den warmen Sand gesteckt. Jetzt sitze ich in meinem alten Sessel. Er war das einzige Möbelstück, das ich mitnehmen konnte, und natürlich den Fernseher. Als wir den Fernseher kauften, hat Geri, mein Mann, noch gesagt: «Wir kaufen ein solides Gerät. Qualität zahlt sich aus, der wird uns noch lange Freude machen.» Nach dem Tod von Geri habe ich meistens vor dem Fernseher gesessen.

Drüben feiern sie. Die meisten sind nach Hause gefahren, zu ihren Familien. Nur wenige haben heute Dienst. Heute nachmittag haben sie uns eingeladen, ins Restaurant, wie hier die Kantine heisst. Wir haben auch gefeiert, im Restaurant. Ein mickriges Tannenbäumchen stand in der Ecke, geschmückt mit demselben billigen Schmuck wie in all den Jahren. Wie an jeder Weihnacht haben die jüngsten Schwestern dekoriert. Sie haben sich Mühe gegeben, der schäbige Raum war richtig festlich herausgeputzt. Der Pfarrer hat ein paar Worte gesprochen. Wir haben gebetet und gesungen, so gut es eben noch ging. Dann hat es ein Festmenü gegeben. Aber der junge Aushilfskoch hat nicht an unsere alten, wackeligen Zähne gedacht. Niemand konnte das Fleisch beissen. Das meiste ging wieder zurück in die Küche. Eigentlich schade für das schöne Essen. Eine Stunde später wurde die Kantine geschlossen, wir wurden in unsere Zimmer gebracht.

Ich höre das fröhliche Lachen aus dem Schwesternzimmer. Bin ich neidisch? Ich erinnere mich an die Zeit, als das Lachen nur uns zu gehören schien. Praktisch, diese Fernbedienung zum Fernseher, von solchen Sachen verstand Geri schon etwas. Das Fernsehprogramm ist ebenso bunt wie langweilig. Auf jedem Kanal wird Weihnachten gefeiert, wie wenn es eine Theateraufführung wäre. Zum Heulen, ich schalte den Ton aus.

Auf steifen Beinen gehe ich zum Einbauschrank, suche meine Schachtel hervor. In dieser Blechbüchse habe ich früher das Weihnachtsgebäck aufbewahrt. Ich habe Geri oft beobachtet, wie er heimlich zur Büchse geschlichen ist und sie regelrecht ausgeplündert hat. Als ich die Wohnung aufgeben musste, habe ich alle meine Souvenirs in diese Büchse gepackt. Der Deckel klemmt, ich habe keine Kraft mehr in den krummen Fingern. Wie er endlich aufspringt, flattern mir meine Erinnerungen entgegen. Ich krame in alten Fotos, in vergilbten Briefen. Achtzig Jahre, zusammengepackt in eine Blechbüchse. Verblassende Fotos und ein wenig sentimentaler Kram. Auf dem Deckel ist ein Segelschiff abgebildet. Ein stolzer Dreimaster, auf voller Fahrt über das Meer. Die Wellen tragen weisse Schaumkronen, das Schiff liegt etwas schräg im Wasser. Wie gerne würde ich auf diesem Schiff mitfahren, unterwegs in ein sonniges Land! Es wäre eine Reise zurück in die Zeit, als das Lachen noch auf unserer Seite war. Ich sitze in meinem Sessel, auf meiner Decke liegen die alten Fotos verstreut. Es ist meine Reise zurück, zurück zu den Lieben aus vergangenen Tagen. Es ist mein Weg, um Weihnachten mit der ganzen Familie zu feiern.

Kommt, kommt alle herein, der Baum ist geschmückt, die Kerzen brennen schon. Ich habe zwar keinen eigenen Baum, schon lange nicht mehr. Aber schaut euch den Baum im Fernseher an. So gross und schön wäre unserer nie geworden. Anbieten kann ich euch nichts, bitte versteht, aber wir dürfen nichts aufs Zimmer nehmen.

Ich ziehe die erste Foto zuunterst aus dem Stapel. Eine Schwarzweissaufnahme, sie ist braun geworden mit der Zeit. Mein Vater trug die Uniform, es muss vor dem Krieg gewesen sein. Er war immer ernst, wenn er in Uniform war. Militär, Krieg, was wussten wir Kinder schon. Es war Weihnachten, und für uns Kinder war es einfach himmlisch. Die Mutter sass am Klavier und hatte sich keck Vaters Soldatenmütze aufgesetzt. Wir sangen Weihnachtslieder, der Vater laut und falsch. Die Mutter hat die Augen verdreht, und wir haben gelacht. Wie einfach wir es doch hatten, ein kleiner Baum mit wenig Schmuck hat gereicht. Die Geschenke mussten praktisch sein, aber Freude daran hatten alle, man kannte nichts anderes.

Eine neue Foto, farbig zwar, aber die Farben sind abgeschossen. Die erste Weihnacht mit Geri, in unserer ersten Wohnung. Ein stolzer, junger Vater hält seinen Sohn im Arm. Simon, ich rief ihn Simi, mein Simeli. Er ist etwas geworden im Leben, ein wichtiger Mann. Er war am Nachmittag kurz hier. Aber bevor ich mich richtig auf den Besuch einstellen konnte, war er schon wieder weg, eine Etappe mehr war abgehakt in seinem Tagesplan. Wie sind unsere Zeitrechnungen verschieden geworden. Ich habe immer Zeit, es eilt mir nicht. Und trotzdem ist es so schwer, einen flüchtigen Augenblick festzuhalten. Alles scheint zu zerbröckeln, wenn ich versuche, danach zu greifen. Wie jung wir auf dem Foto waren, und wie schön. Geri war wirklich ein toller Mann, gross, stark. Die Tapete mit den blauen Blumen! Noch heute sehe ich sie vor mir. Als Simeli Scharlach hatte, lag ich nächtelang auf der Couch im Wohnzimmer, hielt Nachtwache. Mit den Augen bin ich dem Muster auf der Tapete nachgefahren, habe auf die Atemzüge im Kinderzimmer geachtet.

Da, auf der nächsten Foto ist die ganze Familie beisammen.

Vater hatte noch gelebt, und auch die Mutter. Es war das letzte Mal, dass wir alle beisammen sassen. Die ganze Bande, wie Geri spasste. Wie war das schön, wenn alle so unbeschwert zusammen kamen. Und was für Feste haben wir gefeiert, solche Feste gibt es heutzutage gar nicht mehr. Es wurde gegessen und getrunken. Wir haben viel gelacht, uns ging es gut. Simi steht vor dem Weihnachtsbaum und bläst in eine Spielzeugtrompete. Ich habe den schrillen Ton immer noch im Ohr. Was für einen prächtigen Baum hatten wir! Der Baum war Geris Stolz. Liebevoll geschmückt galt er als der prächtigste Weihnachtsbaum weit und breit.

Eine neue Aufnahme. Das letzte Weihnachtsfest mit Geri. Im Hintergrund prunkt der neue Farbfernseher. Auf dem Tischchen daneben steht unser kleines Bäumchen. Ein Bäumchen haben wir immer gehabt, auch als die Familie immer kleiner wurde. Uns beiden hat ein kleines Bäumchen gereicht. Wir haben uns liebevoll vorgemacht, es dem andern zuliebe zu schmücken, es war uns die Erinnerung an gute Zeiten. Geri, wenn ich die Bilder unserer ersten und unserer letzten Weihnachtsfeier nebeneinander lege, merke ich, wie du der Einzige bist, der mir fehlt.

Drüben feiern sie, es ist fröhlich und laut. Nichts für uns Alten. Jung, zu jung, sie haben ein Recht auf eigene, unverbrauchte Leben. Alte Leben sind so schwer und sperrig geworden, wie dicke, vergilbte Bücher, die im Estrich verstauben.

Ich blättere weiter in den Fotos, sehe meine Jahre vorbei fliegen, die Gesichter der Lieben verschwimmen im gelben Licht der Nachttischlampe. Ich muss eingenickt sein. Als ich aufschaue, habe ich Mühe herauszufinden, wo ich bin. Es geschieht mir oft, dass ich von früher träume. Dann dauert es seine Zeit, bis ich mich wieder zurechtfinde. Ich schaue mich um, suche nach bekannten Gegenständen, an denen ich mich orientieren kann. Es ist Nacht, durch das Fenster wirft eine Strassenlampe ein blasses Viereck an die Wand. Die Linien dieses Tapetenmusters kenne ich doch! Ich sehe mich genauer um. Das Fenster und die Türe dort, das muss unsere alte Wohnung sein. Es scheint, ich sitze auf dem Sofa in unserer alten Wohnung! Genau, da steht die Lampe, ich knipse sie an. Weiches gelbes Licht fällt auf die Decke über meinen Knien. Warum trage ich mein elegantes, nachtblaues Kleid? Ein Fest, es muss Weihnachtsabend gewesen sein, die Gäste sind schon gegangen. In der Ecke steht der Weihnachtsbaum. Gross und dunkel beherrscht er die Stube. Nur eine einzige Kerze flackert noch einmal auf, kurz vor dem Ausgehen. Ich sitze auf dem Sofa, ich muss wohl eingenickt sein. Wie schön meine Hände auf einmal sind, glatt und hell. Wie ein Kartenspiel halte ich ein paar alte Fotografien aufgefächert. Abwesend sehe ich die Bilder durch. Die meisten sind weiss, aber ich bin darüber nicht erstaunt. Nur auf einigen wenigen alten Aufnahmen kann ich meine Eltern erkennen. Weihnachten als junges Mädchen. Die Fotos fallen zu Boden, wie aus der Hand geweht. Simi, höre ich mich flüstern, Simeli? Die Türe zum Kinderzimmer steht offen. Ich gehe darauf zu. Aber ich weiss, das Kinderzimmer steht leer.

Gerhard, es muss etwas mit Geri sein. Ich will ins Schlafzimmer eilen, nachschauen. Ich reisse die Türe zum Korridor auf. Es ist dunkel und eisig, aber mir ist nicht kalt. Ich finde den Lichtschalter nicht. Meine nackten Füsse spüren den harten Kokosläufer. Er ist rot, erinnere ich mich, mit einem schwarzen Rand. Geri hatte im Möbelgeschäft lachend gesagt: «Mindestens im Korridor will ich einen roten Teppich. Wenn wir aufeinander zu gehen, wird es sein wie Königin und König im Schloss!»

Durch die Ritzen und das Schlüsselloch der Schlafzimmertür sehe ich Licht schimmern. Geri liest noch im Bett, sage ich erleichtert zu mir. Aber im gleichen Augenblick weiss ich, dass es nicht stimmt. Ist der Korridor immer so lang gewesen? Es scheint, je weiter ich auf die Türe zugehe, umso mehr dehnt sich der Flur. Blaues Licht umspielt zuckend die Wände. Wie ich nach oben schaue, sehe ich die Sterne einer klaren Winternacht durch die Decke schimmern. Das Licht hinter der Türe wird heller und heller. Es brennt sich gleissend durch die Türe, es wird blendend hell im Flur. Das Licht füllt den Gang, füllt mich aus, scheint durch mich hindurch. Ich trete mit dem letzten unendlichen Schritt vom roten Läufer durch die Türe. Geri?

Bleiben Sie mobile, Madame

Unaufhaltsam hat sich der Frühling ins Jahr geschoben und beschert uns neben Heuschnupfen den jährlichen Energieschub, welcher den Winterschlaf vertreiben hilft. Oft und gerne besungene Triebe erwachen zu neuem Leben. Wer noch nicht hat, der heiratet. Wer schon hat, der zieht in eine neue Wohnung oder streicht die alte neu. Oder er stellt wenigstens die Möbel um oder putzt wie besessen bis in die entlegensten Winkel.

Der dritte der Haupttriebe, welche dem Menschen zu einem Leben ausserhalb der zoologischen Gärten verhalfen, ist sein hemmungslos ausgelebter Mitteilungsdrang. Kaum von den Höhen der Bäume herunter geklettert, kaum aus den Tiefen der Höhlen gekrochen, gebaren unsere Daniel Düsentriebs das Telefon. Und bereits nach kurzer Zeit menschlichen Tüftelns schnitten die Erzeuger seine Nabelschnur durch. Das Handy – oder trendy das Mobile – war geboren, und der Mensch wurde freisprechend.

Mutter Natur konnte mit dieser rasanten Entwicklung nicht ganz Schritt halten. Aus der schützenden Urangst vor nicht-vegetarischen Lebewesen, welche unfairerweise auch Menschenfleisch auf ihrem Speisezettel führen, blieb dem Menschen ein Gehör im Dauereinsatz erhalten, um ihn vor drohendem Verzehr zu warnen. Verbunden mit dem Urtrieb, jeden Gegenstand sofort in die Hand zu nehmen, zu schütteln und daran zu horchen, blieb der Reflex erhalten, ein klingelndes Telefon jederzeit und überall und sofort abnehmen zu müssen.

Sogar die im Frühling offenbar vermehrt betriebene Arterhaltung wird abrupt unterbrochen, wenn es auf dem Nachttisch klingelt. Natürlich ist es entweder eine falsche Verbindung, oder es gibt Hemden günstig zu kaufen, oder es ist schon wieder Frieda, die Nervensäge. Verständlich, dass derweil die wartende zwischenmenschliche Spannkraft nachlässt.

«Lass es einfach durchklingeln – das hört von selbst wieder auf!»

«Aber man kann nie wissen, es könnte ja etwas Wichtiges sein!», erwiderte die Frau, die den Inhaber meines Telefonanschlusses geheiratet hatte.

«Könnte, könnte», ich dachte es nur. Wirklich wichtige Nachrichten waren bisher ebenso selten wie der Lotto-Sechser, den ich dringende benötigte, um wenigstens die geforderte Anzahlung an die letzten Telefonrechnungen leisten zu können.

«Wir haben als Kinder jeweils mit etwas Schnur und zwei Ovomaltine-Büchsen telefoniert», versuchte ich an spartanischere Zeiten zu erinnern.

«Jahaa, ich weiss, und ihr habt in der grossen Muschel auf Vaters Schreibtisch das Meer rauschen hören!», kommentierte die Kennerin aller Klingelzeichen, «und wir sind alle mächtig stolz darauf, dass du auf dem neuen Handy schon ganz alleine nach Hause telefonieren kannst!»

«Apropos Meer, lass uns», sprach ich zwischen zwei Telefonanrufen zu der weisen Kennerin aller weltweiten Vorwahlen, «lass uns dem technischen Schnickschnack entfliehen, lass uns die Einsamkeit suchen und finden und an unsere alten Gespräche von damals anknüpfen!»

«Ja gerne, mein lieber Schatz, ausgezeichneter Vorschlag. Ich ruf dich gleich zurück, jemand kommt soeben über die andere Linie herein, sorry, ich muss!»

«Nein liebe Frau meiner Ehe, ich bin nicht im Telefon, sondern ich stehe leibhaftig vor dir!»

Die unerschrockene Gräfin von Telefon und Taximpuls schaute ungläubig auf die zwei Geräte in ihren Händen und dann mich verunsichert an.

«Also, gut», antwortete ich hilfsbereit, «ich gehe hinüber in die Telefonkabine auf der anderen Strassenseite und warte auf deinen Anruf.»

Doch trotz aller telefonischen Hürden kamen dennoch einige gemeinsame Gesprächseinheiten zustande, und nach einigem intensivem Herumtelefonieren befanden wir uns am einzigen Ort, wo kein Telefon klingelt – im Flugzeug, unterwegs zu besseren Zeiten.

Ich fasste es kaum, wir sassen tatsächlich nebeneinander am Strand. Zwischen den Zehen hindurch schaute ich in die Wellen und bewunderte die lokalen Badesitten. Ich musste dabei wohl etwas eingenickt sein. Eine vertraute, aber für einmal leise Stimme weckte mich. Die Selbstwählerin auf allen Linien flüsterte unter dem Badetuch in ihr Handy: «Er schläft, es bleibt uns massenhaft Zeit.»

Dann folgten eine detailgetreue Schilderung meines sich anbahnenden Sonnenbrandes, ein Vergleich der Kartoffelpreise von hier und zu Hause unter Würdigung des gewogenen, mittleren Umrechnungskurses und ein ausführlicher Rapport über die Uniformen, Figuren und Frisuren der Stewardessen an Bord des Flugzeuges.

Ich schaute mit einem Auge hinüber. «Hallo Schatz!», wagte ich zu rufen.

«Gleich, sofort, ich bin sofort bei dir, ich will nur noch schnell der Frieda erzählen, dass Marie ein gutes Mittel gegen Sonnenbrand kennt.» Und mit einem mitleidigen Blick auf meinen roten Kopf: «Ich mache das ja nur für dich, mein armer, tapferer Indianer. Dann gehen wir in die Apotheke und kaufen eine feine Salbe, und dann unternehmen wir gemeinsam etwas.»

Die Zeit vergeht, man weiss nicht wie, besonders im Urlaub. Als sich die Sonne dem Horizont näherte, beschloss ich, eigenen Fusses den Strand zu erkunden. Als ich mich mit Zeichensprache verabschieden wollte, hielt meine Strandfee die Hand schützend über das Handy und zwitscherte: «Ich bin gleich soweit, ich komme gleich nach. Es ist ja so spannend, hast du gewusst, dass Heike wahrscheinlich schwanger ist?»

Nein ehrlich, das wusste ich nicht, ja, ich weiss nicht einmal, wer Heike ist. Hoch sollen sie leben, dreimal hoch.

Vom drahtlosen Leben gezeichnet, schritt ich sorgenzerfurcht den unendlichen Strand entlang, allein hinein in den romantischen Sonnenuntergang. Einsam, heimatlos, ausgesetzt auf einer fernen Insel mit fremdsprachigen Eingeborenen, umgeben von den unüberwindbaren Wellen des Ozeans und denjenigen der mobilen Telefonie.

«Tschau Caro», himmelte mich eine Strandholde an. Da waren endlich die milden Töne, die ich so lange vermisste! Instinktiv zog ich den Bauch ein. Doch bevor ich infolge Sauerstoffmangels drohte, in Ohnmacht zu fallen, musste ich zuschauen, wie die glutäugige Schönheit in ein Kleinsthandy ihrem Caro Süssholz entgegen raspelte. Ich schritt weiter, als ginge mich nichts mehr etwas an. So musste sich Napoleon auf Elba gefühlt haben.

Doch bereits wurde es dunkel, Zeit für das Abendessen, wie mein Magen meinte. Ich ging den Weg zurück. Trotz der Dunkelheit war es einfach, unsere Liegestühle auszumachen. Schon von weitem hörte ich die süsse Stimme meiner ewigen Weggefährtin: «Also, ich muss jetzt Schluss machen, es wird langsam kühl hier draussen, und ich muss unbedingt noch den Akku aufladen für heute Abend. Bis bald, man hört sich!»

Frau unserer gemeinsamen Telefonrechnung, wo sind sie geblieben, die einsamen Stunden, als wir das Meer rauschen hörten? Wo bleiben die Gespräche, die unserem Leben Inhalt und Richtung gaben?

«Schon Funkstille?», wagte ich zu fragen.

«Ich weiss gar nicht, was du dich beschwerst. Ich habe den ganzen Tag für dich herumtelefoniert. Aber du wirst sehen, heute Abend telefoniere ich keine Sekunde, ich schwöre es. Wir gehen piekfein essen und sind nur füreinander da.»

Ich zog fragend eine Augenbraue hoch.

«Grosses Pfadfinderinnenehrenwort!»

Und tatsächlich, es gab keinen Anlass zur Klage. Das Restaurant war gediegen, die Preise waren auch für Millionäre erschwinglich. Die Vorspeise hatte vorzüglich geschmeckt. Der Hauptgang wurde soeben aufgetragen. Wir hielten uns die Hände, blickten uns über die Kerzen tief in die Augen. Vergessen waren Telefongeklingel und Handystress. Ich begann, mich zu entspannen. Nicht so die Kennerin aller Haupt- und Nebenanschlüsse, sie wirkte irgendwie nervös.

«Soeben ist ein SMS hereingekommen», verriet sie mir mit schamhaft gesenkten Augen.

Ich schaute zur Türe, erwartete einen Echtledertypen in Ketten.

«Ich sehe niemanden?», wandte ich mich wieder meinem mobilen Engel zu. Doch dieser nestelte bereits am Handy herum. Ich musste ebenso entgeistert wie vorwurfsvoll geschaut haben:

«Wir hatten doch eine Abmachung?!»

«Ich telefoniere nicht, nein, telefonieren, das tu ich nicht. Aber Heike schreibt, dass Holger sich ein neues Auto gekauft hat», las die Königin unserer mehrfach gebündelten Telefonleitungen das SMS auf dem Display ab. «Nur ganz kurz, wir müssen doch unbedingt wissen welche Farbe!»

Eigenhändig stocherte die Herzdame meines Telefonkartenspiels im Teller herum, mit der anderen Hand tippte sie ihre Anfrage mühsam Buchstaben um Buchstaben in die winzige Tastatur. «Schmeckt gut, nicht?», sprach sie zum Handy.

«Soll ich den Kellner bitten, dir das Fleisch zu zerschneiden?» Offenbar hatte ich einen Volltreffer gelandet, ich wurde mit einem deutlich erkennbaren Nicken belohnt. Ich winkte dem noblen Herrn Kellner. Er kam mit Messer und Gabel angewetzt: «Einmal Mobile spezial für Madame, Monsieur?»

Ohne die Antwort abzuwarten, begann er das Fleisch kleinzuschneiden und meine Gattin mit Häppchen zu füttern. Diese hackte weiter, wie von Merkur getrieben, auf ihr Handy ein.

Inzwischen hatte Heike zurückgeschrieben, Holgers Wagen sei blau, und natürlich musste das Helga sofort erfahren. Diese wiederum hatte direkt an Heike geschrieben, dass wir beim Abendessen sässen und dass die Bedienung reizend sei.

Ich war gereizt. «Ich habe genug!», schrie ich auf. Der Kellner räumte sofort meinen Teller ab. «Nachtisch, mein Herr?» Frustration, Wut, Zorn, was auch immer, packte mich. Ich stand auf, entriss meiner Gattin das Handy und warf es zu Boden. Ich trampelte darauf herum bis zur völligen inneren Befreiung. Entsetzt und wie betäubt starrten mich stumm die anderen Gäste an. Dann tippte jede wie besessen in ihr Handy: ein Gast, er ist durchgedreht, hier mitten im Restaurant, er hat ein Handy ermordet! Ein armes kleines, wehrloses Handy.

Noch bevor die Krämpfe des Entzuges bei der für einmal sprachlosen Madame einsetzten konnten, brachte unser Kellner ein Ersatzhandy, es war bereits eingeschaltet.

Ich floh aus dem Lokal, trat hinaus in die stille Kühle der Nacht. Ich wusste, jetzt war ich aus der Gesellschaft ausgestossen. Ich schaute hinauf zu den ewigen Sternen, die unbeirrt ihre Bahnen zogen. Irgendwo dort oben musste der kleine Satellit sein, der uns mit all den Botschaften aus dem All versorgte. Ich ging hinunter zum Strand, lauschte den Wellen, es rauschte wie in der Muschel auf Vaters Schreibtisch.

Dann zog ich mein ganz persönliches Reservehandy aus der Tasche. Ich tippte in die Tastatur: «Ich bin unten am Strand, und wo bist du?»

Stille Nacht – stille Reserven

Weihnachten stand in jenem Jahr eindeutig zu früh auf dem Programm. Es wird zwar hartnäckig behauptet, es handle sich ausschliesslich um das Fest der Liebe. Aber die Erfahrung lehrt, dass die Liebe oft verschlungene Pfade geht und sich nicht scheut, einen Umweg über das Geld zu nehmen. Mit Blick auf unsere welken Kontensalden und schrumpfenden Bargeldbestände kam das hohe Fest eindeutig zu früh daher. Sollte sich die weihnachtliche Liebe bei uns tatsächlich nach Geld umsehen wollen, müsste sie sich mit ein paar trostlosen Münzen begnügen, die im schlaffen Portemonnaie herum kullerten wie Kindertränen beim ungewollt davonfliegenden Luftballon.

Allerdings, zum Rezept guter Partnerschaften gehören die kleinen Geheimnisse, die man voreinander hütet. So hatten sich im Laufe dieses mageren Jahres trotzdem und eher zufällig ein paar Banknoten in meine Richtung verirrt. Es war mir sogar gelungen, sie festzuhalten. Und, oh Wunder, ich hatte es sogar zustande gebracht, diese unerwartete stille Reserve vor der rastlosen Fahnderin in allen Tüten und Taschen, die üblicherweise alle meine Errungenschaften selbstlos mit mir teilt, verborgen zu halten.

Dennoch schien es mir höchste Zeit, ein paar ernste Worte an die Rotfärberin aller Zahlen auf unseren Konten zu richten. Als sie eines beschaulichen Adventsabends ihre Kaffeerahmdeckel-Sammlung nach Weihnachtsmotiven durchstöberte, setzte ich mich zu ihr an den Tisch.

«Rühr nichts an! Mach mir keine Unordnung!»

«Mein lieber Engel», sprach ich, «die Lage ist ernst. Weit und breit ist kein Saldo in Sicht und Weihnachten steht vor der Tür. Einzig dein güldenes Haar wird es vermögen, in diesem Jahr Glanz in unsere Stube zu bringen. Deine blauen Augen werden jede noch so verführerisch schimmernde Weihnachtsbaumkugel in den Schatten stellen. Es ist das Fest der Liebe und deshalb für uns kein Problem!»

«Du willst mir also keine Geschenke kaufen?»

Ich schluckte leer und nickte ergeben. Hinter meinem Rücken machte ich mit den Fingern den Blitzableiter und freute mich insgeheim diebisch.

«Keine Party, keine Leute, du willst bloss zu Hause hocken und fernsehen?»

Ich zuckte bedauernd mit den Schultern.

Ein neuer Tag begann, kalt, klar. Der letzte Arbeitstag vor den Feiertagen. Der Nachmittag war frei, und die Zeit bis zum frühen Ladenschluss würde reichen, der hingebungsvollen Geschenkauspackerin meines Herzens ein ordentliches Präsent auszulesen. In unzählige Laufmeter glänzendes Papier müsste es eingewickelt sein, und eine riesige rote Masche würde es krönen. Noch eine Stunde, und ich würde durch die Läden ziehen, auf der Suche nach einer sensationellen Überraschung. Auf dem weihnachtlichen Altar der Liebe würde das Paket mit den Augen meiner Gefährtin durch schwierige Tage und heilige Nächte um die Wette strahlen. Hörte ich Kirchenglocken? Die Banknoten jedenfalls knisterten geheimnisvoll in ihrem Umschlag in der Jackentasche.

Das aufgeregte Läuten des Telefons riss mich aus meinen Träumereien. «Halleluja – äh Entschuldigung – hallo», rief ich fröhlich in den Hörer.

«Tante Agathe und Onkel Alfred sind in Bern», posaunte der Engel mit dem flammenden Schwert, «sie kommen mit den Kindern zu uns! Heute Abend!»

Heiliger Bimbam! Die bunten Seifenblasen meiner Träume zerplatzen. Ich wusste, absagen kam überhaupt nicht in Frage. Ewiger Familienfluch, ja, lebenslängliche Enterbung wäre die Folge! Bilder zornesroter Gesichter der vereinigten Onkel und Tanten schossen mir in Sekundenbruchteilen durch den Kopf.

Einzig auswandern in gelobtere, tantenfreie Länder würde uns vor den sieben Plagen retten, doch dazu war es jetzt zu spät. Ade stille Nacht, ihr mühsamen Kinderlein kommet, dachte ich – aus reinem Selbsterhaltungstrieb natürlich nur für mich. «Wie schön für uns, dann sind wir nicht so alleine», krächzte ich in den Hörer, der bleischwer wurde.

«Finde ich aber auch!», rief die Nichte unzähliger lauter und geschmacklos Schmuck behangener Tanten und Zigarren qualmender Onkel. «Übrigens, ich brauche Bares, schnell viel Bares, um für uns alle einkaufen zu können, mein Schatz!»

Zahlenreihen zogen flackernd an meinem inneren Auge vorbei. Rote Zahlen, selten schwarze Zahlen, dafür unzählige Nullen tanzten einen Hexentanz um mich herum. Ich ergab mich in mein ungerechtes Los: «Auf dem Mietzinskonto müsste es noch etwas haben, wir könnten dann Ende Monat schieben, es sollte klappen. Du füllst einen Scheck aus und gehst damit zur Bank.»

Die Verbindung wurde abrupt unterbrochen. Ich notierte einige Zahlen auf meinen Notizblock. Ach was soll's, es ist ja nur einmal Weihnachten im Jahr! Ich zerknüllte wütend den Zettel und warf ihn in hohem Bogen in den Papierkorb. Immerhin blieb mir ja noch mein Überraschungsgeschenk! Wenn ich nur schon wüsste was! Im Geist schlenderte ich schon durch die festlich geschmückten Geschäfte der Stadt.

Doch heute war es wie verhext, schon wieder schellte der Telefonapparat.

«Hallo, mein Schatz», flöteten mir Engelszungen entgegen. Diesen zuckersüssen Ton kannte ich nur zu gut, irgendetwas war schiefgelaufen. Tatsächlich verkündete die tapfere Jungfrau vom Scheckbuch: «Mein Schatz, wir hatten doch nur noch einen einzigen Scheck im Heft, und den habe ich soeben falsch ausgefüllt und weggeworfen! Sag etwas, tu etwas!» «Am Bankschalter geben sie dir einen Notscheck», sprach ich nach einer

Pause innerer Sammlung, «wenn du deinen Ausweis vorlegst!»
«Superidee, Mister Schlaumeier, aber heute ist Feiertag, und die Banken schliessen gleich, da ist schon niemand mehr!»
Ich dachte nach. Ich sah ein Nadelöhr, vor dem sich Kamele drängten. Erstaunlicherweise sahen sie alle aus wie Tante Agathe und Onkel Alfred.
«Bist du noch dran?»
«Ja, ich überlege. Also, ich gehe auf dem Nachhauseweg an den Geldautomaten und überziehe tapfer das Konto. Aber hörst du, gleich nach Weihnachten zahlen wir wieder ein!»
Doch die Hüterin unserer Schätze hatte bereits aufgelegt.
Die Schlange vor dem Bankomaten war ebenso lang wie ich ungeduldig. Endlich kam ich an die Reihe. Hastig tippte ich den Nummerncode ein. «Falsch», piepste die Maschine ungehalten! Stand die Fünf am Anfang oder in der Mitte?
«Dauert's heute etwas länger?», nervte es von hinten. Noch ein Versuch, nein, in der Mitte war die Fünf auch nicht! Es blieb mir noch ein letzter Versuch. So, jetzt musste es der richtige Code sein! Doch wütend piepste das elektronische Ungeheuer und verschlang genüsslich die Karte, welche weihnachtlichen Segen in unseren Einkaufswagen hätte strömen lassen sollen. Holprig, aber unaufhaltsam rumpelte die Stahltür vor und verschloss die Pforte zur Goldmine. Hinter mir räusperte sich ein rücksichtsloser Flegel laut und deutlich. Irgendwoher tönten grässliche Weihnachtslieder, Blockflöte, Trompete von Jericho und mit Gitarrenbegleitung. Ich floh, schüttelte den Schneematsch von den Winterschuhen, senkte den Kopf und ballte die Faust.
Zu Hause, im Treppenhaus, verabschiedete ich mich endgültig von meinen hochfliegenden Weihnachtsträumen. Ich zog den knisternden Umschlag aus der Jackentasche und schaute abwesend auf die Banknoten in meiner Hand. Die Haustüre flog auf.
«Fein, du hast das Geld? Komm, hier, nimm die Taschen, wir

müssen uns beeilen, die Läden schliessen gleich!»
Hunderte Franken später stapelten sich in unserer kleinen Küche Kisten, Tüten und Taschen, in welche sich die geplante Weihnachtsüberraschung im Eilzugstempo verwandelt hatte. Mit roten Backen stand mein Barockengel inmitten der Pracht: «Du wirst sehen, das wird eine Feier wie noch nie!»
Es wurde ein Weihnachtsfest wie immer. Wir kochten für Legionen, assen und tranken zu üppig. Die Gäste waren laut und ihre Kinder sehr laut. Aber im Laufe des Abends stahl sich heimlich die Weihnachtsstimmung dennoch in unsere Stube. Entspanntes Lachen vertrieb Zank, Unmut und Vorurteile. Wir rückten näher, es wurde richtig gemütlich und beinahe feierlich. Beim Aufräumen, als die Gäste längst gegangen waren, musste ich zugeben, dass es halt doch wieder einmal mehr ein schönes Fest gewesen sei.
Im Bett aber, beim Einschlafen, schoss mir durch den Kopf: Wie erkläre ich der strengen Wächterin vor Alibabas Schatzhöhlen, dass im Januar keine Bankbelastung erfolgen wird?

Leserinnen und Leser, die Astrosmarie kennen, werden sagen: Das kann doch nicht wahr sein! Und ich muss ihnen recht geben; im Zeichen der Jungfrau Geborene verschreiben keine Schecks und haben überhaupt die Finanzen fest im Griff. Für alle Fälle besteht immer ein Versteck unter der Matratze mit einem Notgroschen drin.
Wenn diese Jungfraugeborenen aber bei ihren Waagepartnern unter die Feder kommen, dann können die Pferde der Phantasie schon mal durchgehen. Aber im Advent, bei einem feinen Glühwein, ist das wohl erlaubt? Amen.

Schöner Wohnen

Ach, wie liebe ich sie, diese verregneten, kühlen Frühlingswochenenden, die keinen Gedanken an Schönwetterstress zulassen. Keine unnatürliche Aktivität droht, keine Hektik, nur ein langer Tag voller zu verfaulenzenden Stunden in Sicht! Am Tisch hocken, Kaffee trinken und genüsslich die Zeitung lesen oder mit einem Buch auf dem Schoss im Lieblingssessel einnicken. An diese und jene Besorgung denken, ohne auch nur einen Finger rühren zu müssen. Einfach wieder einmal so richtig Bär sein in meiner Höhle.

Doch dann naht jedes Jahr unabwendbar der Schicksalstag, wo sich die Erde so tief vor der Sonne verneigt, dass diese ihre Strahlen länger und wärmer auf unsere Strasse, unser Haus und somit auch auf die Sternguckerin an meiner Seite wirft.

Der hellste Stern in meinem Universum schaut verwundert auf und reagiert ebenso prompt wie geschlechtsspezifisch mit einem unbremsbaren Drang nach Veränderung. Dabei handelt es sich in unserem Fall glücklicherweise nicht um galoppierende Putzwut, aber meine ruhigen Sofastündlein sind trotzdem gezählt.

Wenn die Farbe der funkelnden Sternenaugen meiner Jungfrau mit Aszendent Temperament von Kornblumenblau nach Himmelblau wechselt, wenn sich die Wangen sanft röten, dann ist mir dies ein untrügliches Zeichen, dass fremde Geister in den betroffenen Häusern herumspuken. Die unermüdliche Sternenglänzerin, sonst nur mit Augen für Bildschirm und Firmament, steht in solchen Momenten mit unternehmungslustig blitzenden Augen im Türrahmen, stemmt ihre Fäuste in die Seite und schnuppert prüfend in den Raum, der einst unser Zuhause war.

«Etwas hier drinnen muss sich unbedingt ändern», schallt es von der Türe her.

«Ich will, nein, ich muss ein wenig aufräumen!»

«Ausgezeichneter Gedanke, mein Schatz», brumme ich. Ich schliesse zögernd mein Buch, für eine lange Zeit, wie ich vermute.

Derweil marschiert die Inhaberin der ehelichen Gewalt kreuz und quer mit langen, messenden Schritten durch unser Revier. Dann rechnet sie mit Händen und Füssen, denkt lange nach und weiht mich dann in ihre Überlegungen ein: «Schau, mein Schatz, wenn wir den Tisch dorthin schieben, wo jetzt das Sofa steht, und den Fernseher an die Stelle des Sekretärs rücken, dann sähe das Ganze doch schon wesentlich wohnlicher aus bei uns?»

So wie es war, hätte es mir eigentlich noch lange genügt. Aber die Frage war eine Feststellung und beantwortete sich selbst. «Völlig anders», ergab ich mich nur wenig begeistert. Der Sekretär, so erinnerte sich mein Rücken an letztes Jahr, wog sperrige hundert Kilo Lebendgewicht, mindestens.

«Wir könnten auch den Kühlschrank ans Fenster stellen und den Kochherd in den Korridor», versuche ich aufbauend mit zu denken, «das wäre doch mal echt etwas Neues?»

«Ausgezeichnete Idee! Aber wären nicht die Leitungen viel zu kurz?» Verspielt rüttelte die himmlische Wolken- und Möbelschieberin am Bücherregal. «Aber hier, dieses Gestell, das passt doch überhaupt nicht an diese Wand, wer hatte eigentlich bloss die Idee, das Ding hierhin zu stellen?» Ich schwieg. Es war mindestens einer von uns zweien gewesen, und jede der möglichen Antworten wäre ebenso unpassend wie selbstgefährdend ausgefallen. Gestelle ausräumen, neue Löcher bohren, die alten zugipsen, aufstellen, einräumen, die Elektronik neu verkabeln, addierte ich im Kopf den Leistungskatalog zusammen, sind gleich: Es würde lange dauern und spät werden.

Während der Komet an meinem Abendhimmel in die Abstellkammer rauschte und dort die Werkzeugkiste nach Hammer,

Sichel und Amboss durchwühlte, begann ich mich mental auf ein arbeitsreiches Wochenende einzustimmen. Auf Wiedersehen, ihr Zeitungen und Bücher, auf bessere Zeiten! Aber eigentlich sollte ich ja nicht sonderlich überrascht sein. Diese Attacken auf unsere Inneneinrichtung spielten sich ja alle Jahre so oder ähnlich ab. Kaum hatte ich mich einigermassen daran gewöhnt, wo mein Sessel in dieser Saison stand, und ihn sogar im Dunkeln finden konnte, wurde meine Bärenhöhle radikal umgekrempelt. Prompt stand der Tisch dann dort, wo ich gerne fern sähe, und im Dunkeln rannte ich mit Donner und Doria in Stühle und Tischchen und holte mir blaue Flecken, und ich würde wieder fürchterlich schimpfen müssen.

Mit den Jahren allerdings hatte ich dem alljährlichen Frühlingserwachen unserer Inneneinrichtung eine spielerische Seite abgerungen. Um die Umbauten zu vereinheitlichen und um das Schlimmste abzuwenden, hatte ich laufend die Pläne der verschiedenen Möblierungsvarianten mitgezeichnet. Zugegeben, viele Möglichkeiten bleiben uns bei unserem schrägen Wohnungsgrundriss nicht, aber immerhin, es kamen doch einige zusammen.

Ich stand also auf und rief laut: «Die 96er Variante haben wir schon lange nicht mehr gehabt! War doch ganz nett?»

Dann gehe ich meinen Ordner mit den Plänen suchen.

Spielerisch nimmt die Planetenwerferin den Ball auf: «Ja, wirklich recht nett. Gut war aber auch die kombinierte 99/98er mit der Korridorerweiterung. Doch das hatten wir schon letztes Jahr, und dann konnten wir die Küchenschubladen nicht mehr öffnen.»

«Ein weiteres Jahr mit Plastikbesteck und Papierteller, das mache ich nicht noch mal mit!», erwidere ich.

«Da hast du recht, mein Schatz», säuselte die Lenkerin meiner Planeten, «man müsste etwas völlig Neues, Kreatives machen», sprach sie mit träumerischem Blick in die Unendlichkeit.

Ich blätterte die Pläne durch. «Das Problem ist, dass wir viel zu viele Möbel haben», beurteilte ich nüchtern die Situation, «so können wir nie etwas grundlegend verändern!»

Grüblerisch begannen wir, das eine oder andere Möbelstück ein bisschen herum zu schieben, nur gucken, nix kaufen. Aber dann schien die Winterschwere plötzlich wie weggeblasen, und wir kannten kein Tabu mehr. Wir krempelten die Ärmel hoch. Dann wurden die Möbel kreuz und quer hin- und hergeschoben, kein Stein blieb auf dem anderen, keine Kuh war heilig genug, um nicht geschlachtet zu werden.

Doch Arbeiten gibt Hunger, erschöpft hielten wir inne. Jetzt den Kühlschrank ausplündern, stand in unseren Augen geschrieben, Kinder und Frauen zuerst! Doch dort stand jetzt dummerweise der grosse Kasten davor und wich partout nicht von der Stelle.

«Frau!», rief ich entsetzt, «wir werden elendiglich Hungers umkommen und die Wohnung nie mehr lebend verlassen können!» Dies wurde dadurch unterstrichen, dass die Waschmaschine seltsamerweise die Wohnungstüre versperrte.

Das Telefon blieb verschollen, der Computer war längstens abgehängt und die Kabel in alle Winde verstreut. Doch es gelang dem leuchtenden Stern meines Alltages, sich an einem zusammen geknoteten Vorhang auf die Strasse abzuseilen. Aus einer Telefonzelle bot sie den Pizzakurier auf, und presto presto kletterte dieser wenig später mit grossen Schachteln unter dem Arm den Vorhang hoch.

Nach dem letzten Bissen ging ein Ruck durch uns, jetzt war alles klar: raus, alles raus, die Möbel müssen hinaus. Nur die elegante Leere und stilvolle Weite würde uns das ultimative Wohnglück bescheren. Wir krempelten die Ärmel noch höher und bugsierten Stück um Stück hinunter auf die Strasse. Bald waren vier Parkplätze belegt. Mit der letzten Kraft schrieben wir ein Schild «Zum Mitnehmen» und hängten es an den Garderobenständer.

Dann stiegen wir mit schweren Schritten die Treppe hoch in den ersten Stock und betraten, was von unserer alten Wohnung übrig geblieben war. Wir fielen uns in die Arme, genauso hatten wir es uns insgeheim schon immer gewünscht. Weite, Leere, Eleganz. Nur die Matratze lag mitten im Raum, daneben stand der Computer. Ungebrochene, klare Linien und eine nackte Glühbirne an der Decke schenkten uns das neue Wohngefühl. Erschöpft sanken wir auf die Matratze, die jetzt unser Bett war. Aber in der Nacht suchten mich schlimme Träume heim. Ich sah unsere kunterbunt zusammengewürfelten Möbel, nicht edel, aber gemütlich.

Ich sah, wie die gierigen Maschinen der Kehrichtverbrennungsanlage meine Bärenhöhle Stück um Stück verschlangen! Ich schreckte hoch und wischte mir den Schweiss von der Stirne. Dann fasste ich einen Entschluss!

Noch in derselben Nacht schlich ich hinunter auf den Parkplatz und zerriss das «Zum-Mitnehmen-Schild». Dann setzte ich mich auf unser gutes, altes, rotes Sofa.

Seither wohnen wir meistens in den alten Möbeln auf den Parkplätzen vor dem Haus. Die Miete ist nicht allzu teuer, wir haben vier Dauerparkkarten gekauft. Wenn wir Besuch haben oder Lust auf schöner Wohnen haben, ziehen wir für ein paar Stunden in den eleganten ersten Stock. Kaum sind wir aber wieder alleine, setzen wir uns vor den Fernseher auf Parkplatz drei und machen uns einen gemütlichen Abend.

Ich aber zähle die Tage bis zum nächsten Frühjahr, wenn sich die Erde wieder so tief vor der Sonne verneigen wird, dass diese ihre Strahlen länger und wärmer auf unsere Strasse, unser Haus und somit auch auf die Sternguckerin an meiner Seite werfen wird.

Kuhhaut im Kubik

Taschen? Damenhandtaschen? Nein danke, kommen Sie mir ja
nicht damit! Ich habe so meine Erinnerungen!
Schon in den prägenden Jahren früher Kindheit wurde mein
nahezu unstillbarer Forschungsdrang auf eine erstaunliche Tat-
sache aufmerksam: Es gab, neben allerhand merkwürdigen
Gegenständen wie Apparaten, die sprechen konnten, und Zim-
mern, die auf der Strasse herumfuhren, sowie Lebewesen, die
miauten oder bellten und überhaupt verärgert reagierten, wenn
ich ihnen auf den Schwanz trat, noch zwei grundsätzlich ver-
schiedene Zweibeiner, nämlich frei gehende und mit Handtaschen bewaffnete.
Eindeutiger Liebling unter dieser Gattung war Grossmutter,
diejenige, die im Familienkreis durchaus respektvoll als «die
kleine Grossmutter» bezeichnet wurde. «Klein» traf aber keinesfalls auf das bauchige Ungetüm zu, welches sie überallhin
begleitete und das sie in der Nacht wahrscheinlich unter dem
Bett verwahrte. So sehr ich meine grenzenlose Neugier als Kind
auch ausleben durfte, eines der ersten grossen Tabus, mit denen
ich den langen Weg der Verbote zu beschreiten begann, war:
Damenhandtaschen sind unantastbar.
Nie, nie durfte man überhaupt nur daran denken, einen Blick,
geschweige denn einen Griff in die unendlichen Tiefen zu
wagen. Umso grösser wurden unsere Kinderaugen jedes Mal,
wenn wir staunend zuschauten, welche Wunderdinge Grossmutter aus ihrer schier unerschöpflichen Tasche zu zaubern
vermochte: Proviant für mehrere Tage für eine Grossfamilie,
Taschentücher, Kartenspiele, Zeichenmaterial, Süssigkeiten in
allen Farben und Geschmacksrichtungen. Und natürlich Zucker-
würfel in rauen Mengen. Für die Pferde, es gab zu jener Zeit
noch etliche Fuhrwerke in unserer Stadt, alle Rösser waren in
Grossmutter und ihre Tasche vernarrt.

Älter und wahrscheinlich auch reifer geworden, bot mir das Leben Jahre später – sozusagen in dritter Generation – vertieft Möglichkeit, in die feminine Taschenphilosophie einzutauchen, nämlich als ich mein Leben auf den Altar legte und diejenige meiner Hälften, die oft von Aussenstehenden als die bessere bezeichnet wird, den rechtskräftig unterschriebenen Trauschein sanft in ihre robuste Jagdtasche gleiten liess.

«Sei ein Schatz und halte mal!», zwitscherte die frischgebackene Ehefrau, vertraute mir ihre aktuelle Handtasche in der Grösse einer Zweizimmerwohnung an und verschwand durch die diskrete Pforte, die, wie man unter Männern sagt, zur Keramikabteilung führt. Da stand ich nun, klassisch maskulin erzogen, mitten im emsigen Hin und Her in der Abflughalle. In grellem Ferienoutfit und mit einer Damentasche umgehängt. Wenn Grossmutter mich so sähe! Aber sie hatte dieses Jammertal bereits erlöst verlassen und wenigstens dieser zum Himmel schreiende Anblick blieb ihr glücklicherweise erspart.

«Ich möchte bloss wissen», keuchte ich empört, als die Verwahrerin des ehelichen Segens entspannt wieder ihre bleischwere Tasche zurücknahm, «warum zum Geier haben wir überhaupt eine Wohnung, wenn du offenbar den gesamten Hausrat mit in die Flitterwochen schleppst. Womit hast du dieses beklagenswerte Taschenmonster gemästet?»

«Frauensachen, mein Liebling, lauter nützliche Frauensachen!», lächelte verschwiegen die Frau, die vor kurzem noch gelobte, alles Gute zu teilen und mir das Schlechte nicht nachzutragen. Dann schwebte sie stolz durch die Passkontrolle und trug das ewige Mysterium weiblicher Handtaschen hinaus in eine fremde Welt.

Flitterwochen rinnen wie Sand durch die Finger, und die Jahre ehelicher Gemeinsamkeit rasen im Jet-Tempo dahin. Eines Tages schaut man von der Zeitung auf und stellt fest: Wir sind ein altgedientes Paar. Da naht unausweichlich auch der Tag, an dem Ehemann gedankenlos einen Blick in die prallen Kästen seiner taschenfetischierenden Zauberfrau wirft. Und da stehen sie alle, in Reih und Glied. Taschen, Kolonnen von Taschen und Rucksäcken, sogar die uralte Flittertasche vom Flughafen war dabei. Ein langer Lebenslauf in Form von Kleingepäck. Erinnerungen schossen hoch, als ein treues Stück mich mit traurigem Dackelblick und hängenden Tragriemen anstarrte. Weisst du noch, seinerzeit in Florenz, schien es erinnern zu wollen. Hatte sich etwas bewegt? Entsetzt schlug ich die Schranktüren zu. Seit jenem Schicksalstag betrachtete ich Handtaschen mit gemischten Gefühlen. Ich wusste jetzt, Handtaschen leben, sie sterben nie. Nur wenn sie geklaut werden, verlassen sie uns.

«Hast du eigentlich schon Pläne geschmiedet, wie wir im Alter sorgenfrei vom Verkauf deiner Handtaschensammlung leben könnten?», versuchte ich das heikle Thema spielerisch anzugehen.

Doch die Halterin aller Riemen und Griffe schaute mir nur mitleidig in die Augen, zuckte die Schultern und meinte schliesslich: «Frauensachen, was verstehst du schon von Frauensachen! Aber wenn wir es gerade von Taschen haben», und hier begann die internationale Lieblingskundin aller Feintäschner zu strahlen, «wenn wir gerade von Taschen reden, ich habe gestern ein Bijou gesehen, elegant und praktisch in einem und erst noch mit doppeltem Rabatt!»

Oh Frau meines Ruins, wohin ist sie verflogen, die Zeit, als bunte Plastiktüten mich im dunklen Hausflur stolpern liessen, wohin kamen die schmuddeligen Jute-statt-Plastik-Dinger?

«Frau», versuche ich ansatzweise streng zu sein, «erinnere dich, im dunklen Speicher und in Kisten und Kästen halten wir mindestens tausend Handtaschen, welchen du nie mehr die Gunst des Gebrauchs gewährtest. Sollten landesweit die Fussballmannschaften und ihre Betreuer einen Ausflug unternehmen wollen, wir könnten sie alle ausstaffieren. Und wenn sie keine Damenhandtaschen mögen, so problemlos mit trendigen Rucksäckchen aller Couleur!»

«Spiel- und Spassverderber, du verstehst eben nichts von Frauensachen! Männer, ha!» Die liebliche Anwärterin auf Kalbs- oder Rindsledernes im Kubik reckte mir einen bunten Prospekt unter die Nase: «Schau, welche Linien, welche Formen, was für ein Design! Wie sind doch diese Träger so anschmiegsam!»

«Schmieg dich an mich», sprach der Weise in mir, «das kommt uns billiger!» Laut jedoch verkünde ich: «Wirklich, ein herrliches Teil. Es sieht fast gleich aus wie dasjenige, das du voriges Jahr erstanden hast. Allein, es kostet heuer das Doppelte!»

«Oh, wie kannst du nur so kleinkariert sein!», stiess die Verehrerin portabler Tierhäute aus, «und übrigens habe ich mir die Tasche bereits reservieren lassen!»

Um auch etwas zum Thema beizutragen, verliess ich kopfschüttelnd die Szene und setzte mich an meinen Schreibtisch. Ich begann auf dem Rechner herum zu spielen: Anzahl Taschen dividiert durch bisherige Lebensjahre, multipliziert mit der durchschnittlichen Lebenserwartung mal durchschnittliches Volumen pro Tasche, ja, da müssten wir aber schleunigst eine Kathedrale mieten, um all die Taschen stapeln zu können. Das würden wir uns nie und nimmer leisten können! Ich sann nach einer Lösung. Mein Blick schweifte über eine Formation sauber aufgereihter Babuschkas auf dem Bücherregal. Das war die Lösung: polnische Puppen, die sich eine in die andere stecken liessen! Erlöst schaltete ich den Rechner aus und begann eine Strategie auszuhecken.

An einem ruhigen Samstagmorgen, die Gattin meiner Träume schlief sich gründlich aus, ging ich ans Werk. Leise leerte ich alle Schränke und Kästen, Truhen und Gestelle. Alles, restlos alles verstaute ich in den bisher arbeitslosen Taschen. Mit dankbaren, gefüllten Bäuchen glänzten sie in Reih und Glied den Wänden entlang. Die überflüssigen Möbel stellte ich für die

Brockenstube hinaus in das Treppenhaus. Erschöpft, aber im wohltuenden Wissen, Gutes getan zu haben, sank ich in meinen Lieblingssessel.

Wenig später tappten verschlafene Schritte im Flur.

Erstaunt rieb sich die Herrin über tausend Taschen die Augen: «Was soll das! Ich träume wohl noch? Spinnst du? Wo sind die Möbel?»

«Die brauchen wir nicht mehr, mein Engel! Freust du dich nicht, endlich all deine Lieben glücklich um dich versammelt zu sehen?»

Ich gebe es ja zu, es war am Anfang schon etwas gewöhnungsbedürftig. Die Kaffeelöffel lagen im eleganten Abendtäschchen in der Küche, das übrige Besteck steckte im Beautycase. Die Suppenschüssel thronte in der Sporttasche.

«Schatz», rief es aus dem Badezimmer, «wo ist meine feine Jacke?»

«Natürlich im kleinen blauen Koffer, im Schlafzimmer!»

«Und wo ist die elegante italienische Tasche, die dazu passt?»

«Sie steht daneben, allerdings steckt sie in der grauen Rindsledertasche aus den Ferien in Mallorca, und diese im roten Rucksack, den wir einmal in den Wanderferien kauften, aber dann doch nie benutzten, und dieser steht in der Einkaufstasche aus Spanien, welche ich in den Strohkorb aus Indien gestellt habe und...»

Der erstickte Schrei aus dem Badezimmer rief Nachbarn und Sanität herbei. Aber jetzt ist alles wieder gut, morgen schon darf ich die Ärmste im Spital besuchen, die grösste Krise sei vorbei, versichern Ärzte und Schwestern.

Ich habe ein paar notwendige Kleinigkeiten zusammengesucht. Die schwarze Tasche aus dem Sonderangebot steht schon fertig gepackt neben der Wohnungstür.

Im Bauch der Trommel

Der Raum war beinahe dunkel, die Wände schienen unendlich weit entfernt, versunken im Unendlichen, Ungewissen. Ich konnte nicht abschätzen, wie gross der Raum wirklich war und wo genau ich mich darin befand. Unter den blossen Füssen spürte ich den Boden, hart, Holz, Tanzboden.

Gut dreissig Leute sassen im Kreis. Einige tuschelten miteinander, es herrschte eine ruhige, fast feierliche Stimmung. Vorsichtig setzte ich mich zu ihnen. Meine Augen gewöhnten sich an das wenige Licht, maskenhafte Gesichter tauchten auf. Trotz meiner Abneigung gegen Hokuspokus spürte ich, wie ich begann, mich geborgen zu fühlen. Wie lange sassen wir schon hier?

Ein paar wenige Deckenlampen wurden langsam aufgeblendet. In der Mitte des Raumes schnitt ihr scharfer Strahl einen taghellen Lichtzylinder in die Dunkelheit. Der übrige Raum versank in der Nacht. Die Leute rutschten näher um den Lichtkreis. Die Gesichter in den vordersten Reihen wurden erkennbar, die hinteren Reihen verschwammen zu bleichen Geistergesichtern. Ich betrachtete die Leute, ruhig, ohne Neugier. Ich spürte im Bauch, wie die Spannung anstieg, mein Herz klopfte im Kopf.

Drei Männer und eine Frau traten aus dem Dunkel in den Lichtkreis. Sofort wurde es still, alle Blicke richteten sich auf die Musiker. Sie trugen weite, dunkle Kleider, als sollte ihre Person im Hintergrund bleiben. Eine fröhliche Gelassenheit ging von ihnen aus, sie schien heller als das Licht.

Die Frau war zierlich, unter dem weiten Gewand vermutete ich eine knabenhafte Figur. Sie musste um die dreissig sein, ihre Augen waren zwanzig geblieben. Sie schien mir befangen; vor allen Leuten im Scheinwerferlicht zu stehen, musste sie einschüchtern.

Einer der Musiker könnte ein Brasilianer sein, ein Mulatte.

Kraft und Bewegung liessen Tanz und exotischen Kult erahnen. Wie selbstverständlich nahm er sein Revier in Besitz, sein unverschämt breites Grinsen eroberte jeden im Publikum.

Der Zweite war ein feiner, nervös wirkender Mann um die vierzig. Der ewig jung gebliebene Intellektuelle. Seine blitzende John-Lennon-Brille versteckte die Augen. Mir fielen sofort seine schmalen, feingliedrigen Hände auf. Die Kraft dieses Mannes musste in seinen Händen liegen. Er gab sich sehr selbstsicher, dazu lächelte er aber scheu, war er befangen?

Der dritte Musiker war ein Inder. Sein Alter konnte ich nicht abschätzen. Sein freundliches Lächeln und seine sprühenden dunklen Augen schienen die vier Künstler zusammenzuhalten.

Die vier standen im Kreis, sie schauten sich an. Ohne ein Wort zu sprechen, tauschten sie sich aus. Die Gesichter, hell erleuchtet, wirkten heiter und entspannt. Sie legten sich reihum die Arme auf die Schultern. Eine kaum messbare Spannung entstand, stieg an, übertrug sich auf den ganzen Raum. Wie lange standen sie so?

Niemand regte sich, niemand sprach. Kein Geräusch wagte, sie zu stören. Ich spürte, es war ein feierlicher Moment, dieses Einstimmen der vier Musiker auf sich, auf das Publikum, den Raum und das Licht.

Die vier lösen ihre Umarmung und drehen sich dem Publikum zu. Sie blicken in die Weite, in die Nacht. Sie treten aus dem Lichtkreis heraus und schreiten in entgegengesetzten Richtungen durch die Zuschauer. Das Licht erlöscht zu vollständiger Dunkelheit. Stille, knisternde Spannung lädt den Raum auf. Alle wissen, gleich geschieht etwas.

Nichts! Wir sind in der Dunkelheit gefangen. Die Stimmung droht umzuschlagen, bereits werden wir unruhig: Wie geht es weiter, was geschieht, was tun sie? Genau in der Sekunde vor dem ersten Pfiff aus dem Publikum beginnt eine Trommel zu schlagen. Die weichen, warmen Schwingungen einer grossen Trommel sind fast nur spürbar. Aus dem Raum tönt ganz schwach ein Herzrhythmus. Wir frieren ein, kaum trauen wir uns zu atmen. Aus dieser stockdunklen Nacht schlägt ein Herz in ruhigem, tiefem Schlaf.

Es muss der Brasilianer sein, an einer riesigen Basstrommel. Ein Schauer weht durch das Publikum, ich kann mich nicht entziehen, ich will mich nicht entziehen. Ich bin gerührt von der kindlichen Schutzlosigkeit dieses Herzschlages von der Einsamkeit des Schlafes. Es muss eine Frau sein, die so schläft. Alle im Raum werden eins mit diesem Rhythmus, ja, ich bin sicher, dass alle Herzen im gleichen Takt schlagen. Die Trommelschläge werden etwas kräftiger, sie erzählen aus dem Herzen der Schläferin. Nein, das kann kein männliches Kriegerherz sein, stets kampfbereit und stark. Es ist ein feines, fühlendes Herz, eines, das jedem bekannt vorkommen muss. Ist es das Mädchen, in der letzten Nacht vor der ersten Nacht?

Die Finger des Trommlers zaubern aus dem Dunkeln Bilder hervor, die Finger singen. Der Herzrhythmus wechselt, ein Traum vielleicht. Der Trommelschlag wird zum Herzschlag des Publikums. Wir sind die Schläferin. Ich spüre, diese Zaubertrommel hat mich in der Hand, ich bin ihr willenlos ausgeliefert. An den Wänden scheint ein feiner Lichtschimmer, die Morgendämmerung. Der Raum wird endlich, begreifbar.

Die Schläferin taucht aus dem Schlaf auf. Die Trommel erzählt uns, wie ihre Nacht sich zögernd dem Tag nähert. Im verschwommenen Licht sehe ich den Trommler in einer Ecke des Raumes stehen, konzentriert, wie abwesend. Ich hatte recht, natürlich ist es der Brasilianer.

Aus der schräg gegenüberliegenden Ecke ertönt das Geräusch einer eilig tickenden Uhr. Je mehr ich davon höre, wird mir klar: Es muss sich um eines dieser riesenhaften Schreckensdinger handeln. Ein Grossvaterwecker, dessen gebieterisches Ticken mich durch die einsamen Fiebernächte begleitet. Ein einzelner Scheinwerfer blendet langsam auf und beleuchtet den zweiten Trommler. Es ist der Inder, der auf zwei kleinen Handtrommeln den Uhrenrhythmus tickt. Seine Finger tanzen über dem Trommelleder. Überstürzend verfolgen sich die Zahnräder, getrieben zerhacken sie die Zeit. Die Zeit, die durch die Herzschläge so ruhig und ewig schien. Höre ich die Herzschläge der grossen Trommel noch?

Der Herzrhythmus und die Uhr kämpfen gegen einander an; ich spüre, wie das Herz gestört wird und aus dem ruhigen Rhythmus fällt. Fast erwacht die Schläferin, doch dann gewinnt der Schlaf über den Wecker, das Herz schlägt wieder ruhiger. Die beiden Musiker spielen in sich vertieft auf ihren Trommeln. Die Spannung geht quer durch den Raum. Die Wellen der Trommeln gehen tief in die Zuhörer hinein. Entsteht so Trance? Ich hänge dem Gedanken nach, träume mit den ruhigen Herztönen und versuche, den immer aufdringlicheren Wecker zu überhören.

Da, plötzlich schrillt der Wecker. Wir zucken zusammen, wir schrecken auf. Mein Herz scheint auszusetzen, um dann wie zu wild zu schlagen. Im langsam heller werdenden Licht schauen wir uns verwirrt an. Die Herz-Trommel nimmt den Wechsel auf und hämmert nun gejagt. Der Wecker aber tickt wieder ruhig weiter, er bleibt der Sieger.

In der dritten Ecke steht der Gitarrist im Lichtkegel. Seinem spitzbübischen Lächeln nach zu schliessen, hat er uns diesen Schrecken eingejagt. Das Licht wird etwas heller, es ist die Morgensonne. Aus der Gitarre träumt eine kleine Tagesmelodie. Schlicht und einfühlsam baut sie einen Steg zwischen Schlaf und Erwachen. Das Herz schlägt in seinem Tagestakt, die Schläferin ist erwacht und hört auf ihr Herz, auf die Melodie, die einen neuen, unverbrauchten Tag ankündigt. Das Ticken des Weckers wird leiser, verschwindet, ist unhörbar. Die kleinen, indischen Trommeln nehmen den Rhythmus der Tagesenergie auf und beschreiben das Aufstehen, sich Strecken, Hinausgehen in das helle Licht des Tages. Die Gitarrenmelodie lässt die Nacht vergessen und gibt sich ganz den Versprechungen des Tages hin, der Raum wird noch heller. Die Gitarre wird fordernder, die indischen Trommeln ziehen mit.

Zart zittert ein unbeholfenes Wimmern aus der vierten Ecke, quer zum Hauptthema. Ich sehe hinüber, eine Steeldrum, welche Überraschung! Wie die Traurigkeit der Seele hängt die Drum noch am Schlaf, am Frieden der ruhigen Nacht. Auch in dieser Ecke wird das Licht aufgeblendet, die feine Musikerin steht konzentriert hinter ihren Drums. Sie widerstrebt dem fröhlichen Locken des Tages. Verführerische Arabesken der Gitarre versuchen, sie in den Sonnenwirbel zu ziehen. Auch die kleinen Trommeln fordern in immer dreisteren Klangbildern ihr Eintauchen in den Tag. Die Steeldrum sträubt sich noch.

Zu dicht wird die Spannung, die Atmosphäre ist unerträglich, aufgeladen. Die ersten Zuschauer reisst es auf die Beine. Wie eine Erlösung geht es durch die angespannten Körper: ja, tanzen, die Spannung auflösen, befreien!

Auf diesen Moment scheinen die Musiker gewartet zu haben. Sie schauen sich kurz an, nicken sich zu, geben noch ein paar Sekunden dazu. Die Musik verstummt, das Licht geht aus. Es ist stockdunkel, die Nerven flattern, dreissig Leute in einem einzigen Schrei: neeein!

Die Basstrommel, die brasilianische Göttertrommel, fällt ein, schlägt einen brutalen, trockenen Takt an, einen Rhythmus, der entwaffnet, der keinen kalt lässt. Urtakt von uns allen. Das Licht geht blendend hell an, die anderen Musiker setzen gleichzeitig ein.

Karneval pur, die Luft zittert. Wir toben, alle Zugänge zu Körper und Seele sind geöffnet, und die Musik erobert uns in Sekunden, alle sind Süchtige. Niemand bleibt unbewegt, alle tanzen, einen Urwaldtanz, einen Urtanz, einen Tanz um Götzen.

Es ist heiss im Raum, es riecht nach Schweiss und Parfümgemisch, nicht abstossend, sondern sinnlich.

Der schwere Urwaldtakt donnert und befiehlt. Der Trommler schwitzt, sein Körper glänzt, er ist besessen von seiner Trommel. Die kleinen Trommeln nutzen geschickt jeden Zwischenraum und turnen fabulierend am rhythmischen Gerüst. Die Gitarre fetzt Heuler in die harten Kommandos der Trommeln. Die Steeldrum scheint noch unentschlossen, wem sie sich anschliessen will. Sie unterwirft sich nach einigem Hin und Her dem Diktat der Band.

Ich sehe nur fröhliche, lachende Menschen um mich. Wir scheinen im Tanz gefangen zu sein, wird sind aber frei, bereit, davonzufliegen.

Wieder ein kurzer Unterbruch, wieder der gemeinsame Schrei, von erwartungsvollem Lachen getragen diesmal. Ich spüre, wie die vier Musiker unter sich Kontakt haben, wie sie einstimmig es geschehen lassen. Wieder setzt die unerbittliche Rhythmusmaschine ein, walzt alle Widerstände nieder. Alle tanzen kraftvoll, wild, mit der letzten Reserve, einige taumeln schon. Die Musik wird immer feuriger, immer lauter. Schreie ich? Ja, ich schreie, ich schreie alles hinaus, alle schreien, wir bäumen uns ein letztes Mal auf!

Die Musik bricht ab, ein letzter Schrei, ausatmen, Atem holen, keuchen. Das Licht geht zurück, bis es beinahe dunkel ist, die meisten Tänzer werfen sich ausgepumpt auf den Boden. Nur die Gitarrenecke ist noch beleuchtet. Der Gitarrist spielt leise eine Variation der Morgenmelodie, verträumt, wehmütig. Zögernde, langsame Griffe, als müsste er sich jeder Saite einzeln bewusst werden. Die Musik ist zerbrechlich, sie geht unter die Haut. Jeder Zuhörer landet wieder in sich selber. Die kleinen Trommeln strukturieren die Musik unaufdringlich und unterlegen einen feinen Rhythmus. Die Gitarre verstummt, die Trommeln phantasieren fein, beinahe unhörbar in die heutige Welt hinein.

Das Licht geht ganz aus. Die kleinen Trommeln verstummen, der Herzschlag der grossen Trommel setzt wieder ein, träge schlafend. Beinahe unmerklich werden die Schläge immer leiser, bis es ganz still ist.

Kurz darauf geht das Licht im Zentrum des Raumes wieder an. Die Musiker stehen im Lichtkreis und schauen sich an, dann drehen sie sich dem Publikum zu und verbeugen sich einmal knapp.

Wir alle stehen auf und applaudieren, ein herzlicher, warmer Applaus. Ein kurzes Nicken, und schon haben die Musiker den Saal verlassen. Das Licht geht an, jemand reisst die Fenster auf.

Draussen regnet es.

Auf See, Kurs Nord

Es versprach, ein gemütlicher Abend zu werden. Im Fernsehen lief meine Lieblingsserie, eine sehen, alle gesehen. Ich sass am Tisch und wollte gerade eine alte Zeitung aufschlagen. Ich freute mich auf eine ruhige Lektüre, die Nachrichten würden von gestern sein, ich konnte sie sogleich wieder vergessen.

Das Telefon begann zu läuten, wie immer. Aber gleich würde sich der Beantworter einschalten. Er würde meine Nachricht abspulen: Ich bin zur Zeit nicht erreichbar, ich rufe zurück, bestimmt. Aber heute war das Telefon wie verhext, es klingelte hartnäckig weiter. Mist, der Telefonbeantworter sollte eigentlich längst eingeschaltet sein! Weiss der Himmel, diese elektronischen Dinger haben ihre eigene Unlogik. Es schien mir, der Apparat läute jetzt noch lauter.

So ausdauernd lassen nur Telefonverkäufer klingeln; einer, der mir etwas andrehen will; Versicherungen, Hemden, was weiss ich.

Das Telefon klingelte hartnäckig weiter. Die haben Nerven, dachte ich. Ich stellte den Fernseher leiser und meldete mich: «Hallo?!»

Am anderen Ende rauschte und knackte es, blieb aber sonst still.

« Hallo, hallo?», rief ich ungeduldig.

«Oh, hallo, hallo, guten Abend, mein Herr!», quäkte es viel zu laut aus dem Hörer.

Ich brummelte eine vorsichtige Antwort. Diese überschwängliche Herzlichkeit bringen um diese Tageszeit sonst nur Hemdenverkäufer zustande – ich hasse neue Hemden.

«Nochmals hallo und einen schönen guten Abend, Herr Maibach, haben Sie ein paar wenige von Ihren kostbaren Minuten für mich?»

«Ich brauche nichts, ich kaufe nichts!», rief ich entschlossen.

«Nein, fürchten Sie sich nicht: Sie sollen nichts kaufen; ich habe gute Nachricht zu überbringen!»

Seit Abraham und Eva immer derselbe alte, faule Trick, dachte ich für mich. Wie beschränkt sind wir Menschen eigentlich, dass der immer noch funktioniert?

In der Leitung wurde das Rauschen unerträglich.

«Ich verstehe Sie schlecht», antwortete ich, «rufen Sie vom Nordpol an?»

In der Leitung quiekte es und zischte, dazwischen hörte ich Sprachfetzen – wahrscheinlich die Eskimos, die mit den Pinguinen plauderten – oder wären die am Südpol? Warum hatte ich nicht schon längst aufgehängt?

Da, die Leitung war endlich ruhig, fast unheimlich still, die Verbindung wurde klar und rein.

«Entschuldigung, wir hatten hier ein kleines technisches Problem, jetzt haben wir sie klar drin, was haben Sie gesagt?» Die Stimme war jetzt sauber und deutlich hörbar, eine tiefe, vertrauenerweckende Männerstimme.

«Von wo rufen Sie an und wer sind Sie?»

«Ich bin Felix Sorg und wie gesagt, ich habe gute Nachrichten für Sie!» Und spöttisch fügte er an: «Ohne Kaufzwang!»

«Das nächste Jahr wird für Sie ein ganz besonderes Jahr!», fuhr er auf mein Schweigen hin fort.

«Das passt ja wunderbar», spottete ich, «vielen Dank, aber ich werde trotzdem nichts kaufen. Sparen wir, Sie Telefongebühren und ich meine Zeit, hängen wir auf.»

«Nein, bitte, warten Sie, ich erhalte Provision, und wenn ich Sie nur noch ein paar Minuten in der Leitung halte, reicht es mir für ein paar kleine Geschenke für meine arme, alte, kranke Mutter.»

«Einverstanden, für Ihre arme, alte, kranke Mutter tun wir doch alle unser Bestes», gab ich mich grosszügig. «Also doch eine kommerzielle Sache!»

«Nicht direkt», gab Felix Sorg zu, «darf ich Peter sagen, ich bin der Felix.»

«Meinetwegen. Felix sag mir, wie lange brauchst du noch für deine Provision? Ich hätte noch zu tun.»

«Hast du nicht», lachte Felix aus dem Hörer. «Du schaust Fernsehen und liest Zeitung, nichts Wichtiges.»

«Das ist ein fauler Trick», ärgerte ich mich, «das tun doch um diese Zeit Millionen.»

«Du schaust dir die 87. Folge der ‚Familie ohne Stern‘ an. Du hast diese Folge bereits letztes Jahr zweimal gesehen. Jetzt ist gerade Werbung, du bist auf Seite drei der Zeitung von gestern, in der rechten, oberen Ecke hat es einen Kaffeefleck von gestern Abend.»

Ich war überrascht: «Machen wir hier versteckte Kamera?» Ich drehte mich um, aber die Vorhänge waren geschlossen.

«Peter, sei nicht so misstrauisch! Wie gesagt, ich habe gute Nachricht für dich, gratis, kaufen brauchst du nichts. »

Ich wurde ungehalten: «Also Felix, spuck sie raus, bringe es, schiebe die heisse Nachricht rüber, kassiere deine Provision und dann goodbye!»

«Das geht nicht, ich kann die gute Nachricht nur überbringen, wenn du mich ernst nimmst.»

«Also gut», stöhnte ich, «ich nehme dich ernst, per sofort. Schiess los, sonst lege ich auf, und du kannst dir mit deiner tollen Nachricht allein einen schönen Abend machen!»

Es blieb lange still in der Leitung.

«Felix, hallo, bis du noch da?», rief ich und klopfte an den Telefonhörer. Seltsam, jetzt fehlt er mir schon ein wenig, dachte ich, als es weiter still blieb.

Schulterzuckend wollte ich auflegen. In diesem Moment begann Felix hastig: «Guten Abend, ich bin Felix Sorg von der Zentrale gross G West. Ich rufe aus dem nächsten Jahr an.

Wir erwählen einige Leute, rufen an, um ihnen zu sagen, wie es im nächsten Jahr für sie wird.»

Ah nein, das war zuviel, für diese Art makabren Scherzes bin ich nicht zu haben.

«Behalt deinen Mist für dich!», brüllte ich in den Hörer.

«Aber, ich, wir wollten ja nur ein bisschen Freude bereiten!», stotterte Felix Sorg enttäuscht.

«Ich will nichts wissen, bleib mir fern mit deiner Zukunft!» Grob knallte ich den Hörer hin.

Es ist ein paar Tage her seit diesem Anruf. Merkwürdig, ich habe öfter daran denken müssen. Wir sitzen unserer paar Freunde zusammen, gemeinsam allein am runden, klebrigen Tisch, hinten in der verrauchten Spelunke. Wir reden über die Zukunft und was das nächste Jahr uns wohl bringen möge. In einigen Minuten wird es Neujahr schlagen. Draussen, auf dem Platz vor der Kirche, wird die Menschenmenge jubeln und nach dem Küssen die Gläser zerschlagen.

Wir hier im Rettungsboot werden uns, und auch den Mädchen an der Bar, zuprosten und uns Gutes wünschen und Reichtum und ewiges Leben.

Irgendwo innen merke ich, wie ich es bereue, Felix Sorg nicht zugehört zu haben – denn wer wüsste nicht gerne, wann und wo das Schiff untergehen muss?

Die Weihnachtsmänner sind unter uns!

Etwas verloren wirkt er schon, der Weihnachtsbaum, und er nadelt bereits. Es liegen keine Geschenke darunter, denn schliesslich steht er in der langen, hohen Eingangshalle der Mehrwertsteuer.

Dort, wo früher Lastwagen ein- und ausgeladen worden sind, stehen jetzt die schicken Tischchen der Cafeteria. Rundherum Galerien, Glas und Transparenz. Optimal umgenutzte Industriearchitektur behaupten die einen, Alcatraz lästern andere. Auf das alte Fabrikgebäude wurde allerlei moderne Architektur gepfropft. Lange, schlecht beleuchtete Gänge und verwinkelte Treppenhäuser führen zu modernen, hellen Räumen. Wenn es einnachtet, spiegeln dunkle Glasfronten die Lichter der Büros. Die Katakomben, wie das Kellergeschoss auch respektvoll genannt wird, bilden ein verwirrendes Labyrinth von niederen Gängen, Querverbindungen und Treppen. Man muss sich gut auskennen, um den Aufstieg an die Oberfläche auf Anhieb wieder zu finden.

Die Aufzüge sind neu eingebaut und glänzen metallisch hell. An den Wänden hängen seit einigen Tagen bunte Plakate, die auffordern, die Kerzen beim Verlassen der Büros unbedingt auszulöschen, der alljährliche Weihnachtsgruss unseres Hausdienstes. Und tatsächlich, in einzelnen Büros kämpfen tapfer ein paar Tannenzweiglein, Orangen, rote Kerzen und bunte Weihnachtskugeln gegen das einheitliche Verwaltungsgrau, erinnern daran, dass es nicht nur die Zeit des Dreizehnten, sondern auch der Monat des 25. ist.

Es muss am späten Nachmittag gewesen sein, an einem hektischen Montag im Dezember. Nichts wollte richtig gelingen. Die Arbeit kam nicht voran, das Telefon spielte verrückt, und der Computer hatte heute einmal mehr seine Macken.

«Lassen wir es für heute!», gab ich auf. Ich streckte mich, während der Computer sein Verabschiedungsritual durch ratterte und endlich herunterfuhr.

Draussen war es Nacht geworden, und auch die anderen Büros auf der Etage waren bereits dunkel. Zeit, nach Hause zu gehen. Die Lampen im Korridor gaben nur wenig Licht, und sie flackerten unruhig. Der Lift rumpelte aus der Tiefe herauf, die Türen öffneten sich quietschend. In der Liftkabine brannte nur eine einzige Lampe, die Fassung war heraus geschraubt und hing an zwei Drähten. Kaum hatten sich die Lifttüren hinter mir geschlossen, erlosch das Licht, und es war stockfinster in der engen Kabine.

«Auch das noch», schimpfte ich, «heute ist wirklich nicht mein Tag!» Einmal mehr schien der kleine Lift seinen eigenen Willen zu haben. Manchmal fuhr er durch, wo er eigentlich hätte halten sollen. An anderen Tagen hingegen liess er sich durch nichts in der Welt in Bewegung setzen.

Ich tastete nach den Knöpfen und zählte ab. Vierter Stock, Dritter, Zweiter, Erster, so, das musste der richtige sein. Gehorsam setzte sich der Fahrstuhl in Bewegung. Seltsam, aber im Dunkeln schien die Fahrt ins Erdgeschoss viel länger zu dauern.

Der Lift rumpelte tiefer und tiefer, im Wintermantel wurde mir heiss und ungemütlich. Ich tastete nach dem Stoppknopf, erfolglos. Ungeduldig drückte ich auf alle Knöpfe, die ich in der Finsternis fand. Nichts geschah, die Kabine glitt weiter in die Tiefe. Immerhin ging das Licht wieder an, ein schwaches, gelbes Licht, ich konnte kaum meine Hand erkennen.

Da, endlich hielt der Fahrstuhl an, hoffentlich gingen die Türen auf! Tatsächlich, sie zischten und holperten, ich sprang hinaus, bevor sie noch ganz offen waren. Sofort schlossen sich die Schiebetüren hinter mir, und ich hörte, wie der Lift nach oben zog. Die Eingangshalle war nur spärlich beleuchtet, sie erschien viel grösser als im Tageslicht. Die gegenüberliegende Wand war kaum zu erkennen. Erstaunlich, der Tannenbaum in der Mitte war ausgetauscht worden. Ein grosser stolzer Baum schien fest im Boden verwurzelt zu stehen. Unzählige Lichter brannten und strahlten mit bunten Weihnachtskugeln und prächtigem Weihnachtsschmuck um die Wette. Ein Berg Geschenke, eingepackt in glänzendes Geschenkpapier in allen Farben, war rund um den Baum gestapelt.

«Hallo», dachte ich, «die haben sich ja in Auslagen gestürzt!» Staunend ging ich auf den Prachtsbaum zu. Verwundert sah ich im Kerzenschein, dass an den Wänden der Halle Lagergestelle hochgezogen waren, vollgepackt mit unzähligen Geschenkpaketen. Jedes trug ein sauberes Schildchen mit Namen und Adresse eines Empfängers. «Wahnsinnsdeko», sagte ich zu mir, «das ist ja unglaublich!»

«Halt, berühren Sie nichts!», rief eine energische, tiefe Stimme hinter mir, «das sind Überraschungen, und die dürfen erst an Weihnachten ausgepackt werden!» Ich drehte mich um. Vor mir stand eine grosse Gestalt in einer braunen Mönchskutte. Sie hatte die Kapuze über den Kopf geschlagen und trug eine dunkle Sonnenbrille.

Wahrscheinlich war das der Dekorateur, vermutete ich, und wahrscheinlich war er ziemlich durchgeknallt, so ein überdrehter Künstlertyp halt. «Wie sind Sie hier hereingekommen?», fuhr er mich vorwurfsvoll an.

«Erlauben Sie mal, ich arbeite hier, und das schon seit Jahren! Aber wer sind Sie?»

«Ich bin Rupp!», dröhnte die seltsame Gestalt, «ich mache hier die Security, und Sie haben hier nichts verloren!»

«Aber hier, schauen Sie Rupp, hier ist mein Personalausweis!», rief ich zornig und zerrte meine Brieftasche hervor. «Und dort drüben muss meine Stempelkarte stecken!»

«Unsinn, so etwas haben wir hier nicht!» Rupp schüttelte den Kopf. «Das muss ich dem Chef melden.» Er zog ein Funkgerät aus dem Ärmel und murmelte ein paar unverständliche Worte hinein. «Er will Sie sehen, kommen Sie mit, wir gehen zum Chef.»

«Eigentlich möchte ich endlich nach Hause. Aber wie Sie wollen! Das Missverständnis wird sich rasch klären.»

«Fein», meinte Rupp ungerührt, «folgen Sie mir bitte.»

Seltsam, seit wann waren die Korridore gelb gestrichen? Diese altmodischen, schweren Holztüren mit den Messingbeschlägen und die Kristallleuchter an der Decke hatte ich noch nie zuvor gesehen. Wir gingen um eine Ecke, hinter der ich eigentlich Sitzungszimmer und Büros erwartet hätte. Aber hier waren alle Zwischenwände entfernt, und schier endlos lange Tische standen darin. Bestimmt dreissig oder vierzig Gestalten, gleich gekleidet wie Rupp, standen an den Tischen und verpackten Geschenke in Schachteln und buntes Papier. Goldene Maschen wurden umgebunden, und jedes Paket wurde sauber beschriftet und in eine Karteikarte eingetragen.

Ich blieb stehen und zupfte Rupp am Ärmel: «Spinne ich oder was?»

«Das müssen Sie besser wissen als ich», gab Rupp kühl zurück, «kommen Sie, weiter, der Chef wartet nicht gerne!»

Ein Nikolaus im roten Mantel schob einen Karren, hoch beladen mit Paketen, durch die Halle. Rupp drehte sich um und flüsterte: «Er ist der Erste, der hinausgeht, er macht die lange Nordtour. Er sollte längst unterwegs sein. Aber es gab Probleme, und in der letzten Minute mussten wir seinen Esel austauschen, das gab schon ziemlichen Stress!»

Ich nickte höflich: «Das ist bestimmt ärgerlich, so kurzfristig?»

Rupp nickte: «Ja, besonders bei den krassen Futterpreisen in dieser Saison!»

Ich lächelte gezwungen. Entweder war ich im Tollhaus oder in der versteckten Kamera gelandet. Aber wahrscheinlich war es bloss ein Traum, und der Wecker würde mich bald in die Realität zurückholen.

Endlich standen wir vor einer riesigen Eichentüre. Rupp klopfte mit der Faust. Ein dumpfes Echo liess einen grossen Raum ahnen.

«Er mag Ihnen vielleicht etwas sonderbar scheinen, aber er ist schon ok.»

Ich nickte ergeben und lächelte. Darauf kam es ja jetzt wirklich nicht mehr an.

Mit dem lauten «Herein» flog die Türe auf. Rupp ging voran: «Chef, hier ist er!»

Ich schaute mich verwundert um. Das Chefbüro hatte das Ausmass einer Turnhalle. Es war ganz in Gelb und Rot gehalten, am Boden lag ein weicher, weisser Teppich. Mitten im Raum drehte sich ein grosses, altmodisches Karussell. Die Orgel schepperte blecherne Melodien, Weihnachtslieder. Antike Karussellpferde und eine Kutsche mit Hirschgespann drehten majestätisch ihre Runden. Auf einem der Hirsche ritt ein dicker, gemütlicher Nikolaus. An der Zipfelmütze hatte er drei breite goldene Streifen, und an seine rote Jacke war ein goldenes Namensschild geheftet, auf welchem «Chef Claus» stand.

«Das ist der Chef?», wunderte ich mich.

«Der Chef persönlich», nickte Rupp.

«Halli, hallo, wen haben wir denn da?», trompetete der Chef, als er auf seinem Hirsch wieder bei uns vorbeikam.

«Steigen Sie auf, nehmen Sie Platz! Die Pferde sind heute etwas nervös, aber die Kutsche kann ich Ihnen empfehlen, sie ist sehr bequem!»

Rupp schob mich zum Karussell. Ich sprang auf und kletterte hinein. Rund um das Karussell waren riesige Landkarten aufgehängt, und ab und zu leuchtete ein Lämpchen auf, und rote und grüne Lichtlinien zogen über die Karten.

«Das sind unsere Routen. Ich schaue, dass hier alles rund läuft!», rief der Chef von vorne auf seinem Hirsch über die Schulter. Dann turnte er hinüber und setzte sich zu mir in die Kutsche.

«Eigentlich sollten Sie ja gar nicht hier hereinkommen können. Nun, erzählen Sie, wie sind Sie zu uns herunter gekommen?» «Schauen Sie, Herr Chef», begann ich meine Geschichte, «das ist alles recht verwirrend. Ich wollte eigentlich nichts anderes als nach Hause gehen, aber dann war der Lift so merkwürdig bockig, und unten beim Tannenbaum hat Rupp mich angehalten.»

«Lift, aha, soso. Haben Sie den kleinen Lift hinten in der Halle genommen?»

«Ja genau, der liegt mir am nächsten.»

«Ja so, dann ist alles klar. Der Kleine macht uns hin und wieder Probleme! Rupp wird Sie hinausbegleiten.»

«Einen Moment noch, bitte!», fand ich den Mut zu fragen, «Herr Chef, entschuldigen Sie, wären Sie so freundlich und erklären Sie mir bitte, was das alles soll? Ich meine, das Gebäude gut zu kennen. Aber hier war ich noch nie, und Sie und Ihre Leute habe ich auch noch nie gesehen!»

«Das ist eigentlich geheim», begann der Chef zögernd, «aber es wird Ihnen sowieso kein Mensch glauben, wenn Sie es weitererzählen. Also: Das Gebäude, so wie Sie es kennen, ist nur die obere Hälfte. Darunter befindet sich dasselbe Gebäude noch einmal, einfach umgekehrt, gespiegelt sozusagen. Vor vielen Jahren wurden aber die tiefer gelegenen Untergeschosse nicht mehr benötigt. Bei einem Umbau wurden die Zugänge zugemauert. Die Pläne gingen verloren, die Besitzer wechselten, niemand wusste mehr vom Unterbau. Vor ein paar Jahren allerdings, bei einer Renovierung, wurde ein etwas eigenwilliger, kleiner Lift eingebaut. An manchen Tagen macht er, was er will, und heute hat er Sie hier zu uns herunter geführt. Ein Versehen, bitte entschuldigen Sie, Rupp wird Sie gleich zurückführen.»

«Halt, warten Sie», rief ich, neugierig geworden, «und wer sind Sie?»

«Wir sind die Verteilzentrale für Weihnachtsgeschenke», ant-

wortete der Chef. «Jeder ehrliche Weihnachtswunsch wird uns von der obersten Zentrale weitergeleitet, und pünktlich an Weihnachten liefern wir die Geschenke unter die Weihnachtsbäume!»
«Wir haben lange nach geeigneten Räumen gesucht, bis wir auf diese Keller hier stiessen! Ist doch witzig, Sie oben kassieren Steuern ein, und wir hier unten machen Weihnachtsgeschenke, nicht?», lachte Chef Claus dröhnend.
«Wirklich erstaunlich», erwiderte ich und hätte noch tausend Fragen stellen wollen. Aber Rupp war gekommen und winkte mich zu sich hin.
«Nicht vergessen: Es muss geheim bleiben, sonst sind die Geschenke keine Überraschungen mehr!», rief der Chef uns nach. «Wenn sie keine Überraschungen mehr sind, wird es uns nicht mehr geben!»
Ich nickte.
Trotzdem konnte ich es nicht lassen, im Vorbeigehen auf die Paketschildchen zu schielen, als wir durch die grosse Halle schritten. Rupp bog in einen langen, finsteren Gang ein, stieg eine steile Treppe hoch. Dann blieb er vor einer schweren Metalltüre stehen, wies darauf und sagte: «Diese Türe führt hinaus, auf Wiedersehen und frohe Weihnachten!»
Ich öffnete die Türe. Doch bevor ich hinausging, schaute ich zurück und sah, wie Rupp im Dunkel verschwand. Ich trat durch die Türe, sie schlug krachend hinter mir zu.
Ich stand beim Ausgang, neben mir tickte die Stempeluhr. Benommen suchte ich meine Karte, stempelte aus und hatte nur noch den einen Wunsch: nichts als raus und nach Hause.
Am andern Tag allerdings stach mich die Neugier. Aber neben der Stempeluhr fand ich keine Eisentüre mehr. Beim kleinen Lift hinten war eine Tafel angebracht: «In Revision.»
Das war mir egal, denn ich hätte heute sowieso die Treppe genommen.
Etwas ist mir aber dennoch geblieben: Ich weiss von allen, was

sie zu Weihnachten geschenkt erhalten werden. Aber ich verrate nichts, denn ich möchte keinesfalls, dass die geheimnisvollen Weihnachtsmänner unter uns verschwinden.

Madame automobile est

Achterbahn? Bloss Achterbahn? Sie glauben wirklich, ein paar läppische Loopings zum Mitheulen seien der letzte Kick, der uns weich gespülten Helvetiern seit der Schlacht von Bibrakte noch geblieben ist?

Da kann ich nur abwinken und gähnen. Da gibt es wirklich grössere Herausforderungen in meinem Leben! Kommen Sie mit auf eine Spritztour, steigen Sie ein! Schnallen Sie sich an den Sitz in unserem Auto, der unter Fachleuten als «Todesangstsitz» bezeichnet wird!

Doch Moment, wir sind noch nicht ganz soweit, die Zündschlossherrin ist nochmals in das Brockenhaus zurückgekehrt, das wir uns zur Wohnung genommen haben. Dort irgendwo hängt vergessen das ausgepowerte Handy am Kabel und tankt neue Energie für 1001 Worte. Sie wissen ja, ohne Handy ist Madame nicht mobile.

Fein, so bleibt mir ein wenig Zeit um Ihnen mein Herz bezüglich femininer Fahrpraxis auszuschütten. Ich bin mir bewusst, dass ich ein frauenfeindliches Risiko eingehe und dass alles, was ich sage, selbst gegrabene Gruben sind. Aber verglichen mit dem, was gleich auf uns zukommen wird, ist ewige weibliche Verachtung eine vergleichsweise milde Strafe.

Oberstes Ziel auf der Strasse, so lehrt die Fachliteratur, ist es, ähnlich wie beim Monopoly, so schnell wie möglich von einem Parkplatz zum nächsten zu kommen. Dabei ist jeder Trick erlaubt. Dass Aufregung auch Spass macht und die Reisezeit verkürzt, wissen wir alle, seit wir als staunende Kinder vom Rücksitz aus schimpfenden Vätern und schluchzenden Müttern zugeschaut haben. Auf festem Boden, ausserhalb der fahrbaren Gummizelle aber haben dieselben Personen als liebste Mamis und Papis unseren jungen Alltag bereichert.

Ebenfalls wie beim Monopoly gibt es bei einer Autofahrt allerlei schwierige Situationen zu bewältigen, will man nicht im Spitalbett oder in der Zelle erwachen. Zur Entspannung darf deshalb das Auge nicht zu kurz kommen. Unterwegs auf öffentlichem Asphalt stösst Frau auf unzählige dekorative Elemente, mit welchen gütige Verkehrsplaner unsere Strassen zu unserer Erbauung gestylt haben. Da gibt es schraffierte Flächen, gezackte Linien, dicke Linien, manchmal sogar doppelte, unterbrochene Linien, gelbe, blaue, weisse. Und die lustigen Tafeln mit den fröhlichen Zeichnungen am Strassenrand! Die leuchtenden farbigen Lichtkugeln, rot, grün, orange! Ein optisches Feuerwerk, das einen ganz in seinen Bann zu ziehen vermag. Und nicht zu vergessen: Es gibt auch dazugehörige Regeln! Aber wozu scheint niemand mehr genau wissen zu wollen. Was soll's, die Helvetier kamen schliesslich auch ohne Strassengesetzbuch bis Bibrakte.

Werfen Sie auch einen Blick auf unsere Aschenputtel-Kutsche! Nach dem Dauerregen im letzten Sommer wurden wir damit überrascht, dass die originale Lackierung wieder zum Vorschein kam, wir haben ein blaues Auto! Zudem haben wir Sommer- und Winterreifen. Um die lästige Wechslerei zu ersparen, sind die Pneus das ganze Jahr über paarweise überkreuz aufgezogen.

Und erst das Innenleben! Es ist der starken Persönlichkeit der servo-unterstützten Lenkraddreherin angemessen. Da gibt es ein Radio, bei dem mein Lieblingssender immer verstellt ist. Drei leere Colaflaschen rollen klirrend unter den Sitzen durch die Kurven. Der persönliche Strassenatlas von Julius Cäsar gilbt auf der Hutablage vor sich hin. Es gibt eine Benzinuhr, deren Zeiger kreist wie das Höhenmeter in Airport, nachdem die Bombe hochging. Im Kofferraum liegen zwei schwer verletzte Regenschirme, drei Schneebesen, beim einen fehlen die Borsten, beim zweiten ist der Stiel abgebrochen, und der dritte ist so klein, dass man damit bestenfalls die Brille putzen kann.

Dazu kommen zwei linke Turnschuhe, davon einer ohne Senkel, ein schlaff geplündertes Werkzeugetui, eine Einkaufstasche ohne Henkel, ein paar ungeöffnete Rechnungen aus dem letzten Jahrtausend und weitere mit dem besten Willen nicht identifizierbare Objekte, von denen ich stark hoffe, dass sie sich im Dunkeln nicht bewegen.

In den prähistorischen Nebeln unserer ersten gemeinsamen, automobilen Kilometer übergab ich das alleinige Sorgerecht über unser Vehikel der getriebsamen Schalterin aller Vor- und Rückwärtsgänge. Ich studiere Karten und Kompass, die Frau mit Hosenträgern aber meist ohne Sicherheitsgurt fährt, und zwar nach ihren Sternen. Seit ich es zustande bringe, auch in hektischen Phasen automobilen Fortfahrens Augen und Mund geschlossen zu halten, bin ich ein freier Mann und zudem ein beliebter Beifahrer.

Doch still, «Madame La Voiture» naht! Triumphierend schwenkt sie das Handy. Knirschend dreht sich der Zündschlüssel, der Motor springt polternd an, die Benzinuhr beginnt zu pulsieren, und mit einem Ruck werden wir hinaus auf die Fahrbahn katapultiert, auf welcher ich in den nächsten Stunden um Jahre altern werde, denn die Zeit fliegt, und wir hinterher.

«Schatz, gibst du mir meine Brille, schnell bitte?», werde ich mitten auf einer unübersichtlichen Kreuzung aufgefordert. Doch guter Rat ist teuer. Von den drei Brillenetuis sind zwei leer, im letzten befindet sich das Kleingeld fürs Parkhaus.

«Sie muss auf dem Rücksitz liegen!» Tatsächlich, unter den Zeitungen, umwickelt vom Kopfhörerkabel des Handys, finde ich die Sehhilfe. Doch an Durchsicht ist nicht zu denken.

«Hast du damit im Kaffee gerührt?», wage ich zu fragen.

«Mach vorwärts, du, das ist gefährlich, ohne Brille!» Ich nicke schaudernd und beeile mich, die Gläser einigermassen klar zu reiben.

Wenig später, auf der Autobahn, wage ich anzudeuten, dass

es sowohl einerseits sicherer wie andererseits eigentlich auch Vorschrift wäre, den Sicherheitsgurt anzuschnallen. Ich weiss aus Erfahrung, diese Dinger dürfen nur auf der Autobahn angeschnallt werden und nur während heiklen Überholmanövern, wo bliebe sonst der Nervenkitzel?

«Halt mal das Steuerrad, der Gurt hat sich verklemmt!» So beschleunigt sich mein Alterungsprozess proportional mit der auf dem Tachometer angezeigten Geschwindigkeit, während die Frau, deren Steuerrad ich jetzt halten muss, in die unergründlichen Tiefen des Autos abtaucht. Die Colaflaschen unter den Sitzen klirren vorwurfsvoll. Schwankend reiht sich unser Wägelchen wieder in die Spur ein. Ich wage wieder auszuatmen, und auch der Puls beruhigt sich wieder. Jetzt herrscht ein paar Minuten Stille, aber schon bald wird es Zeit für den nächsten Gang.

«Ich habe Hunger!», lautet der Auftakt zum schnellen Dinner for two, denn zur Verkürzung der kostbaren Lebensstunden wird bei uns grundsätzlich nur noch im Auto getafelt. Nie wurde ich mir der Rolle als Ernährer derart bewusst wie auf solchen Fahrten. Aus Tüten und Taschen fische ich Häppchen und Flaschen und reiche die kulinarische Reisebegleitung weiter an die Bestimmerin meines Weges. Mal dies, mal das, es ist eine zirkusreife Leistung, wie ich mit belegten Broten, Mineralwasserflaschen, klebriger Schokolade, Servietten und Papiertaschentüchern jongliere. Eigentlich wollte ich schon immer Speisewagenkellner werden. Ob es wohl eine Mikrowelle gibt, die man ins Handschuhfach einbauen könnte? Wie viel Strom braucht ein kleiner Kühlschrank?

«Muss ich die nächste Ausfahrt nehmen, der Ortsname kommt mir irgendwie bekannt vor?»

Ich erhasche einen kurzen Blick auf die grüne Tafel, dann verstaue ich meinen kleinen Lebensmittelladen, um den gewichtigen Strassenatlas durchzublättern. Bei den Pfadfindern lernte ich Kartenlesen, und das macht mich in den glänzenden Augen meiner Steuerfrau zu ihrem unersetzbaren Helden der Landstrasse.

«Nein, lieber Schatz, bitte bleib auf der Autobahn!»

«Gut, dann gibt nochmals ein Sandwich und eine Cola rüber!» Ich schaue zum Fenster hinaus, die Landschaft zieht an mir vorbei, was soll sie anderes? Raststätten tauchen auf und verschwinden wieder. Meine Seele und meine Blase schreien nach einer Kaffeepause.

Ich sehe glückliche Familien, die in Rauchwolken gehüllt an Raststätten grillieren, dort, wo Aussichtspunkte Einmaliges verheissen. Doch meine Adlige aus hohem Ölstand ist nicht zu bremsen, weder durch gute Zusprache noch mit der Drohung, gleich bei voller Fahrt zum Fenster hinaus pinkeln zu müssen. Einmal an den Sitz gegurtet, verlässt sie diesen nur, wenn die Benzinanzeige unter rot steht. Auf eine mir unerklärliche Weise übrigens taucht genau in dem Moment, wenn der Motor zu stottern beginnt, die einzige Tankstelle im Umkreis von drei Tankfüllungen auf.

Nichts Menschliches auf dieser Welt dauert ewig. Auch das billigste Benzin geht einmal zur Neige. So müssen selbst wir einmal anhalten. Mein Wunsch, an den Zapfsäulen vorbei auf die Toilette zu fliegen, ist stärker als derjenige, den Boden zu küssen. Als ich, immer noch der alte, aber mit einem wesentlich frischeren Lebensgefühl wieder zum Auto zurückkomme, sitzt die unerlöste Seele mit dem ungebremsten Fahrzwang bereits hinter dem Lenkrad und spielt ungeduldig mit dem Gaspedal.

«Wo bleibst du? Was macht ihr Männer eigentlich immer so lange rum?»

Ich schliesse schweigsam die Wagentüre, lege ergeben den Sicherheitsgurt um. Unsere gemeinsame Reise kann weitergehen, denke ich, als ich von der Beschleunigung in den Sitz gedrückt werde.

Und ganz zum Schluss noch etwas ganz Intimes: Meine Frau ist nicht meine Frau!

Ein mitfühlender Kollege legte mir letzthin, nach Lektüre des Sternguckers, die Hand auf die Schulter, schaute mir tief in die Augen und meinte: Wie kannst du es nur mit so einer Frau aushalten? Abgesehen davon, dass ich mich das im Stillen auch schon gefragt habe, ist es an der Zeit, mich zu outen.

Meine Papierfrau gibt es so nicht im realen Leben. Ich sehe hier etwas, schnappe dort etwas auf, lese irgendetwas, phantasiere ein wenig buntes Dekorationsmaterial hinzu – und schon kommen alle Frauen der Welt in meinen Geschichten vor. Auf dem Papier sozusagen sind alle Frauen meine, im realen Leben gibt es aber nur eine – und die ist eine feine.

Peter Maibach

geboren am 8.10.1953
www.petermaibach.ch

Sieben Jahre nach meiner Geburt am 8.10.1953 erlernte ich das grosse und das kleine Alphabet, das Einmaleins, rechnen, lesen, zusammenhängend schreiben und zum Fensterhinausschauen. Diese in den nachfolgenden Jahren gefestigten Talente sollten die Eckpfeiler in meinem weiteren Leben werden.

Nach buchhalterischen Weihen zog es mich bald einmal in Richtung Computer, das Arbeiten in virtuellen Welten beflügelte als Ausgleich das Erschaffen von realen Phantasien und phantasievollen Geschichten.

Zahlreiche Kurzgeschichten entstanden, teils in Hochdeutsch, teils in berndeutscher Mundart. Sie wurden in Quartierzeitungen, im Internet und im Sterngucker veröffentlicht. Danach folgte im Mai 2001 der erste Roman in Hochdeutsch: Helens Bild.

Die Verlagstätigkeit des Verlages Einfach Lesen begann am 1. Oktober 1996 mit dem ersten Buch von mir. *Bärbeli* berndeutsche Geschichten mit Zeichnungen vom bekannten Berner Künstler Heinz Inderbitzi.

1998 erschien das zweite Buch mit Berndeutschen Geschichten "Florentinerli„ mit Illustrationen von CliqClaq.

Gemeinsam mit Rosmarie Bernasconi schrieb ich das Buch zum Jahrhunderthochwasser 1999 im Berner Mattequartier. "Die Berner Matte real und im Internet"

Helens Bild, Roman von Peter Maibach
erschienen im Verlag Einfach Lesen
im Mai 2001

Ein Internetkrimi in und rund um Bern. Spannend und amüsant zugleich.

Samuel Hender ist Kameramann. Er sagt nicht viel, geht mit offenen Augen durch sein Leben, immer auf der Suche nach dem perfekten Licht und der Realität. Sein Freund Bronsky dagegen ist Kunstmaler und vertritt wortgewaltig seine künstlerische Interpretation der Welt.

Nach dem tragischen Unfalltod von Bronsky und Helen, Samuel Henders Frau, werden Sam und seine Freunde in ein packendes Abenteuer verwickelt. Die mächtige TROOL-Organisation vermutet Sam im Besitz eines geheimnisvollen elektronischen Schlüssels, der in Bronskys Nachlass nicht gefunden wurde.

Eine abenteuerliche Jagd wirbelt das eingefrorene Leben von Sam durcheinander. Und Paulette ist wirklich eine faszinierende Frau.

208 Seiten, ISBN Nr. 3-9521399-3-9

hennarot, ver-rückte Schnittpunkte

15 Kurzgeschichten, Liebe, Mord und Fantasie
mit Tina Albert, Rosmarie Bernasconi, Pierrette Hurni, Peter
Maibach und Roswitha Menke
erschienen im Verlag Einfach Lesen, November 2001

hennarot
ver Schnittpunkte rückte

Tina Albert
Rosmarie Bernasconi
Pierrette Hurni
Peter Maibach
Roswitha Menke

Ist Hannas neuer Freund wirklich so blöd, wie Julia behauptet? Wieso fühlt sich die Fremde so unwiderstehlich von dem Eremiten angezogen? Und was machen die merkwürdigen Männer mit den hennarot gefärbten Haaren überall in der Stadt?

Das Autorenteam von Hennarot hat die Themen Liebe, Mord und Fantasie gewählt und diese in 15 Kurzgeschichten behandelt. Herausgekommen ist ein Buch, in dem jeder und jede seine Lieblingsgeschichte finden kann: Unterhaltsam oder nachdenklich, tiefsinnig oder kitschig, spannend oder episch - passend zum Temperament und zur Persönlichkeit der jeweiligen Schreiberin oder des Schreibers.

Und die Autorinnen und der Autor? Als Team sind die Fünf Newcomer auf dem Literaturmarkt. Rosmarie Bernasconi und Peter Maibach haben im Verlag Einfach Lesen, bereits Kurzgeschichten und einen Roman veröffentlicht.
Geschichten von Tina Albert, Pierrette Hurni und Roswitha Menke waren bisher in der Zeitschrift „Der Sterngucker" und im Internet zu lesen.

Bereits im Verlag Einfach Lesen erschienen

Bärbeli - Berner Mundart
und andere Geschichten von Peter Maibach
mit Zeichnungen von Heinz Inderbitzi
erschienen 1996

Der gebeichtete Apfel und andere Erzählungen
von Rosmarie Bernasconi,
mit Zeichnungen von Barbara Walther
erschienen 1997

Florentinerli - Berner Mundart
und andere Geschichten von Peter Maibach
mit Bildern von CliqClaq
erschienen 1998

Der getaufte Pfarrer
Erzählgeschichten von Rosmarie Bernasconi
mit Illustrationen von CliqClaq
erschienen Frühling 1999

Das Jahrhunderthochwasser 1999
Die Berner Matte, real und im Internet
von Rosmarie Bernasconi und Peter Maibach
erschienen Herbst 1999

Der Verlag Einfach Lesen gibt seit Juni 1996 die Sterngucker heraus. Diese unkonventionelle Zeitschrift, erscheint zwei- bis dreimal jährlich! Die Sterngucker ist kostenlos! www.sterngucker.ch

www.ingramcontent.com/pod-product-compliance
Lightning Source LLC
Chambersburg PA
CBHW051145020726
47501CB00005B/1683